「十四五」國家重點出版物出版規劃項目
二〇二一—二〇三五年國家古籍工作規劃重點出版項目

中華古籍保護計劃

ZHONG HUA GU JI BAO HU JI HUA CHENG GUO

·成 果·

國家珍貴古籍叢刊

宋本花間集

（後蜀）趙崇祚 輯

國家圖書館出版社

圖書在版編目（CIP）數據

宋本花間集 /（後蜀）趙崇祚輯. -- 北京 : 國家圖書館出版社, 2025.4

（國家珍貴古籍叢刊）

ISBN 978-7-5013-7449-6

Ⅰ.①宋… Ⅱ.①趙… Ⅲ.①詞（文學）—作品集—中國—古代 Ⅳ.①I222.82

中國版本圖書館CIP數據核字（2022）第005062號

書　　名　宋本花間集
著　　者　（後蜀）趙崇祚　輯
叢 書 名　國家珍貴古籍叢刊
責任編輯　黃　鑫
封面設計　翁　涌

出版發行　國家圖書館出版社（北京市西城區文津街7號　100034）
（原書目文獻出版社　北京圖書館出版社）
010-66114536　63802249　nlcpress@nlc.cn（郵購）
網　　址　http://www.nlcpress.com
排　　版　愛圖工作室
印　　裝　北京雅圖新世紀印刷科技有限公司
版次印次　2025年4月第1版　2025年4月第1次印刷

開　　本　710×1000　1/16
印　　張　14
書　　號　ISBN 978-7-5013-7449-6
定　　價　120.00圓

《國家珍貴古籍叢刊》編纂委員會

主　編　張志清　魏　崇

副主編　王紅蕾　殷夢霞　陳紅彦

編　委（按姓氏拼音排序）

陳　超　陳建龍　陳　軍　陳思和　杜希林
方家忠　郭　晶　郭欣萍　何文平　洪　琰
胡海榮　黄賢金　金兼斌　廖生訓　林旭東
劉偉成　毛雅君　王　龍　王　沛　謝冬榮
周雲岳　祝　暉

顧　問　李致忠　安平秋　史金波　朱鳳瀚

《國家珍貴古籍叢刊》前言

中國古代文獻典籍是中華民族創造的重要文明成果。這些典籍承載着中華五千年的悠久歷史，不僅是中華優秀傳統文化的重要載體之一，還是民族凝聚力和創造力的重要源泉，更是人類珍貴的文化遺産。

黨的十八大以來，以習近平總書記爲核心的黨中央站在實現中華民族偉大復興的戰略高度，對傳承和弘揚中華優秀傳統文化作出一系列重大決策部署。習近平總書記多次圍繞中華優秀傳統文化保護弘揚、挖掘闡發、傳播推廣、融合發展作出重要論述，强調『要加强對中華優秀傳統文化的挖掘和闡發』，讓『書寫在古籍裏的文字都活起來』。二〇二三年，習近平總書記在文化傳承發展座談會上强調，衹有全面深入瞭解中華文明的歷史，纔能更有效地推動中華優秀傳統文化創造性轉化、創新性發展，更有力地推進中國特色社會主義文化建設，建設中華民族現代文明。黨和國家的高度重視和大力支持，把中華珍貴典籍的保護和傳承工作推上了新的歷史高度。

保護好、傳承好、利用好這些文獻典籍，對於傳承和弘揚中華民族優秀傳統文化，維護國家統一和民族團結，推動社會主義文化大發展大繁榮，促進國際文化交流和構建人類命運共同體，都具有十分重要的意義。二〇〇七年，國家啓動了『中華古籍保護計劃』。該計劃在文化和旅游部領導下，由國家古籍保護中心負責實施，十餘年來，古籍保護成效顯著，在社會上産生了極大反響。迄今爲止，國務院先後公布了六批《國家珍貴古籍名録》，收録了全國各藏書機構及個人收藏的珍貴古籍一萬三千零二十六部。

爲深入挖掘這些寶貴的文化遺産，更好地傳承文明、服務社會，科學合理有效地解決古籍收藏與利用的矛盾，二〇二四年，國家古籍保護中心啓動《國家珍貴古籍叢刊》叢書項目。該項目入選《二〇二一—二〇三五年國家古籍工作規劃》重點出版項目，是貫徹落實新時代弘揚中華優秀傳統文化的重要舉措。

本《叢刊》作爲古籍數字化的有益補充，將深藏内閣大庫的善本古籍化身千百，普惠廣大讀者。根據『注重普及、體現價值、避免重複』的原則，從入選第一至六批《國家珍貴古籍名録》的典籍中遴選出『時代早、流傳少、價值高，經典性較强、流傳度較廣』的存世佳槧爲底本，尤其重視『尚未出版過的、版本極具特殊性的、内容膾炙人口的』善本。通過『平民化』的出版方式進行全文高精彩印，以合理的價格、上乘的印刷品質讓大衆看得到、買得起、用得上。旨在用大衆普及活化推廣方式出版國家珍貴古籍，讓這些沉睡在古籍中的文字重新焕發光彩，爲學術界、文化界乃至廣大讀者提供豐富的學術資料和閱讀享受，更爲廣大學者、古籍保護從業人員、古籍收藏愛好者從事學術研究、版本鑒定、保護收藏等提供一部極爲重要的工具書。

本《叢刊》由國家圖書館出版社出版，在編纂過程中，保持古籍的原貌，力求做到影印清晰、編排合理。本《叢刊》不僅全文再現古籍的内容，每部書還附一篇名家提要，爲研究古籍流傳、版本變遷、學術思想等内容，提供重要資料。通過本《叢刊》的出版，我們相信對於推動古籍整理與研究工作、傳承中華優秀傳統文化、增强民族文化自信具有重要意義，也將有助於更多的人瞭解和認識中華文化的博大精深，激發人們對傳統文化的熱愛與傳承意識，爲中華民族的偉大復興貢獻力量。

《國家珍貴古籍叢刊》項目啓動以來，得到專家學者的廣泛關注，以及全國各大圖書館的大力支持。同時，我們也期待更多的學者、專家及廣大讀者能够關注和支持古籍保護工作，共同爲傳承和弘揚中華優秀傳統文化而努力。

國家古籍保護中心

二〇二四年九月

《國家珍貴古籍叢刊》出版説明

爲更好地傳承文明，服務社會，科學合理有效地解决古籍收藏與利用的矛盾，國家古籍保護中心聯合全國古籍重點保護單位，開展《國家珍貴古籍叢刊》高精彩印出版項目，以促進古籍保護成果的揭示、整理與利用，加强古籍再生性保護和研究。

《叢刊》所選文獻按照『注重普及、體現價值、避免重複』的原則，遴選出『時代早、流傳少、價值高，經典性較强、流傳度較廣』的存世佳槧爲底本高精彩印。按經、史、子、集分類編排，所選每種書均單獨印行，分批陸續出版。各書延聘專家撰寫提要，介紹該文獻著者、基本内容及其學術價值、版本價值，同時説明入選《國家珍貴古籍名録》批次、名録號等；各書編有詳細目録、設置書眉，以便讀者檢索和閱讀；正文前列牌記展示該文獻館藏單位、版本情況和原書尺寸信息。

國家圖書館出版社

二〇二四年九月

（後蜀）趙崇祚 輯

花間集

宋刻遞修公文紙印本

據國家圖書館藏宋刻遞修公文
紙印本影印原書版框高十七
點四厘米寬十二點八厘米

《花間集》爲晚唐五代詞選集，是今存最完整的早期詞家作品選集，收録了晚唐到五代時期詞人温庭筠、皇甫松、韋莊、薛昭藴、牛嶠、張泌、毛文錫、牛希濟、歐陽炯、和凝、顧敻等十八人的詞作共五百首，按人分編，共十卷，每卷五十首左右。作品選擇精謹，版本傳承有緒，文本可靠，唐五代著名文人墨客所撰曲子詞諸多名作，有賴此書歷代傳刻，得以流傳後世。

編者趙崇祚，字弘基。生平事迹不詳。據歐陽炯《花間集序》，此書成於後蜀廣政三年（九四〇），當時趙崇祚爲衛尉少卿。在敦煌本《雲謡集雜曲子》發現之前，《花間集》被認爲是最早的詞選集。

五代十國七十餘年中，前蜀王氏、後蜀孟氏割據蜀中，沉湎於歌舞伎樂，曲子詞也因之盛行。《花間集》爲當時供歌伎伶人演唱的曲子詞選本，其内容多描繪女性生活和男女情愛，文辭華麗，被稱爲艷情之作。温庭筠、皇甫松爲晚唐曲子詞作家，列於卷首，表示西蜀詞派的源流所自。和凝曾爲宰相，以製曲著名，當時稱爲『曲子相公』，其詞風與温庭筠相近。張泌或疑爲南唐詞人。從韋莊後均爲蜀中文人，爲前蜀王氏或後蜀孟氏的文學侍從之臣。温詞華美，韋詞疏淡，代表了《花間集》中的兩種風格。其他人的詞作，多蹈温、韋餘風。内容多歌咏旅愁閨怨、合歡離恨，也有部分作品抒『暗傷亡國』之情，咏南方風土人情。

宋陳振孫《直齋書録解題》稱之爲『近世倚聲填詞之祖』。《四庫全書總目》稱此書：『詩餘體變自唐，而盛行於五代，自宋以後，體制益繁，選録益衆。而溯源星宿，當以此集爲最古。唐末名家詞曲，俱賴以僅存。』晚唐五代時期十八位著名詞家的作品多賴此集得以保存，中國文學史上最早的文人詞派——花間詞派以此爲形成的標志。作爲我國現存最早的一部詞選集，《花間集》在我國詞發展史和文學史上占據着重要地位。

《花間集》在宋代即非常流行，現存南宋建康郡齋刻本的晁謙之跋寫於紹興十八年（一一四八），稱此前建康郡齋也曾經刊刻過《花間集》，并用於郡將監司幕僚離别時贈送之物，并説除建康郡齋本外，還有其他刻本。紹興爲南宋初年，因而後人推測其他刻本和建康郡齋之前的刻本很可能刊刻於北宋時期，或許北宋《花間集》就有刊本流傳了。

現在存世的宋刻《花間集》，有建康郡齋紹興十八年刻本和宋刻遞修公文紙印本兩種。兩種皆爲孤本，均藏在國家圖書館。

此次影印所選爲宋刻遞修公文紙印本。此本刷印在南宋淳熙十一、十二等年鄂州（今武昌）的公牘檔册紙上，紙背墨筆銜名可辨識者有：『儒林郎觀察支使措置酒務施　成忠郎監在城酒務

賈　成□郎本州指使差監拜斛場吴　江夏縣丞兼拜斛場温　□□郎本州指使差監大江渡潘　進□尉差監猪羊欄董　進義副尉本州指使監公使庫范　鄂州司户參軍戴　成義郎添差本州排岸差監本津關發收税劉　信義郎本州準備差使監公使庫朱。』（據清光緒王鵬運翻印本跋）因今已裝裱成册，無法再檢，僅録王本跋文以備考。鄂州治所在江夏，即今湖北武昌。因爲使用鄂州公文紙的緣故，前人多認爲刊刻地點也在鄂州。這種判斷并不嚴謹。公文紙與刻版年代的關係存在多種可能：一種可能是保存多年的書版用後來的公文紙刷印，這樣刻版的時間就可能比公文紙的時間早許多年；另一種可能，公文紙放置多年以後用於刻印書籍，也有可能是當時刻版，使用的是剛剛廢棄的公文紙。

此本版刻字體古拙，版心下有刻工名陳彦、李浩、于岩等，或單字彦、岩、浩、于、良等。周叔弢、趙萬里皆疑爲北宋刻，趙萬里認爲其中有南宋初年補版。按：看其版刻風貌，應在北宋末年至南宋初年期間，具體年代尚待考訂。

此本版印字迹多有模糊，有前人描潤筆迹。卷首歐陽炯序二葉、卷一前四葉係抄補，校以世傳各本，應出自明刻所謂湯顯祖評本。卷一缺第六葉；卷十殘缺，止於第六葉，末行文字修去，以充完本。

據楊紹和《楹書隅録》載，前後缺葉及歐陽炯序皆毛氏汲古閣抄補，而且補抄有陸游二跋，可惜卷十末三葉及毛晉三印『辛酉之秋遭亂復失，世鮮宋槧，無由補寫』。

清光緒十九年（一八九三）王氏四印齋曾據此本翻刻，收入《四印齋所刻詞》中，也有單行本和石印本，并有《四部備要》排印本，流傳甚廣。四印齋本封面大書『景宋淳熙鄂州本花間集十卷』，學界皆信爲影宋善本。其實王本行款時有更動，文字更多出入，影宋之説并不足信。近今學者未見原書，多據王本立論，今真本影印行世，可爲學術研究提供可據之珍本。

此書鈐有『昆山徐氏家藏』『乾學之印』『健庵』『聽雨樓查氏有圻珍賞圖書』『宋存書室』『東郡楊氏鑒藏金石書畫印』『臣紹和印』『彦合珍玩』『楊紹和藏書』『楊印承訓』『世德雀環子孫潔白』『海源殘閣』『周暹』諸印。并有海源閣主人楊保彝的題款。曾經清代藏書名家徐氏傳是樓、查氏聽雨樓、楊氏海源閣收藏。民國初年海源閣書散出後，周氏自莊嚴堪收得，後由周叔弢先生捐贈國家圖書館，可謂傳承有緒。

此本入選第一批《國家珍貴古籍名録》（名録號〇一二五四）。（陳紅彦）

目録

韋莊

卷三

韋莊

卷四

卷五

張泌

毛文錫

卷六

卷七

卷八

孫光憲

魏承斑

卷九

魏承斑

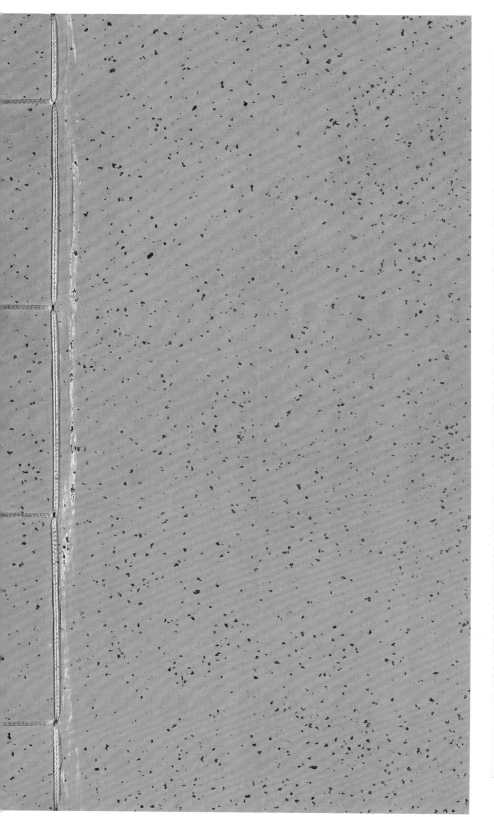

鏤玉雕瓊擬化工而迥巧裁花剪葉敓春艷
以争鮮是以唱雲謡則金母詞清挹霞醴則
穆王心醉名高白雲聲聲而自合鸞歌響遏
行雲字字而偏諧鳳律楊柳大堤之句樂府
相傳芙蓉曲渚之篇豪家自製莫不争高門
下三千玳瑁之簪競富尊前數十珊瑚之樹
則有綺筵公子繡幌佳人遞葉葉之花牋文
抽麗錦舉纖纖之玉指拍案香檀不無清絶
之辭用助嬌嬈之態自南朝之宫體扇北里
之倡風何止言之不文所謂秀而不實有唐

以降率土之濱家家之香逕春風寧尋越艶
處處之紅樓夜月自鎖嫦娥在明皇朝則有
李太白之應制清平樂調四首近代温飛卿
復有金荃集邇來作者無媿前人今衛尉少
卿字弘基以拾翠洲邊自得羽毛之異織綃
泉底獨殊機杼之功廣會衆賓時延佳論因
集近來詩客曲子詞五百首分為十卷以烱
粗知預音辱請命題仍為叙引昔郢人有歌
陽春者號為絶唱乃命之為花間集庶使西
園英哲用資羽盖之歡南國嬋娟休唱蓮舟

之引

唐廣政三年夏四月大蜀歐陽炯序

花間集卷第一

温助教　庭筠　五十首

菩薩蠻　十四首　更漏子　六首　歸國遥　二首

酒泉子　四首　定西番　三首　楊柳枝　八首

南歌子　七首　河瀆神　三首　女冠子　二首

玉蝴蝶　一首

菩薩蠻　温庭筠

小山重疊金明滅，鬢雲欲度香顋雪。懶起畫蛾眉，弄粧梳洗遲。　照花前後鏡，花面交相暎。新帖繡羅襦，雙雙金鷓鴣。

水精簾裏頗黎枕暖香惹梦鴛鴦錦江上柳
如煙雁飛殘月天　藕絲秋色淺人勝參差
剪雙鬢隔香紅玉釵頭上風
蘂黃無限當山額宿粧隱笑紗窻隔相見牡
丹時暫來還別離　翠釵金作股釵上雙蝶
舞心事竟誰知月明花滿枝
翠翹金縷雙鸂鶒水紋細起春池碧池上海
棠梨雨晴紅滿枝　繡衫遮笑靨烟草粘飛
蝶青瑣對芳菲玉關音信稀
杏花含露團香雪綠楊陌上多離別燈在月

朧明覺來聞曉鶯　玉鈎褰翠幙粧淺舊眉
薄春夢正關情鏡中蟬鬢輕
玉樓明月長相憶柳絲裊娜春無力門外草
萋萋送君聞馬嘶　畫羅金翡翠香燭銷成
淚花落子規啼綠窻殘夢迷
鳳凰相對盤金縷牡丹一夜經微雨明鏡照
新粧鬢輕雙臉長　畫樓相望久欄外垂絲
柳意信不歸來社前雙燕廻
牡丹花謝鶯聲歇綠楊滿院中庭月相憶梦
難成背窻燈半明　翠鈿金壓臉寂寞香閨

掩人遠淚闌干燕飛春又殘
滿宮明月梨花白故人萬里關山隔金雁一
雙飛淚痕沾繡衣　小園芳艸綠家住越溪
曲楊柳色依依燕歸君不歸
寶函鈿雀金鸂鶒沈香閣上吳山碧楊柳又
如絲驛橋春雨時　畫樓音信斷芳草江南
岸鸞鏡與花枝此情誰得知
南園滿地堆輕絮愁聞一霎清明雨雨後卻
斜陽杏華零落香　無言勻睡臉枕上屏山
掩時節欲黃昏無憀獨倚門

夜來皓月纔當午重簾悄悄無人語深處麝
烟長卧時留薄粧　當年還自惜往事那堪
憶花落月明殘錦衾知曉寒
雨晴夜合玲瓏日萬枝香裊紅絲拂閑夢憶
金堂滿庭萱草長　繡簾垂箓簌眉黛遠山
綠春水渡溪橋凭欄魂欲銷
竹風輕動庭除冷珠簾月上玲瓏影山枕隱
穠粧綠檀金鳳凰　兩蛾愁黛淺故園吳宮
遠春恨正關情畫樓殘點聲

更漏子

柳絲長春雨細花外漏聲迢遞驚塞雁起城
烏畫屏金鷓鴣　香霧薄透簾幕惆悵謝家
池閣紅燭背繡簾垂夢長君不知
星斗稀鍾鼓歇簾外曉鶯殘月蘭露重柳風
斜滿庭堆落花　虛閣上倚蘭望還似去年
惆悵春欲暮思無窮舊歡如夢中
金雀釵紅粉面花裏暫如相見知我意感君
憐此情須問天　香作穗蠟成淚還似兩人
心意山枕膩錦衾寒覺來更漏殘
相見稀相憶久眉淺淡烟如柳垂翠幕結同

心侍郎爊繡衾　城上月白如雪蟬鬢美人
愁絶宮樹暗鵲橋横玉籤初報明
背江樓臨海月城上角聲嗚咽堤柳動島烟
昏兩行征雁分　西陵路歸帆渡正是芳菲
欲度銀燭盡玉繩低一聲村落雞

玉鑪香紅蠟淚偏照畫堂秋思眉翠薄鬢雲
殘夜長衾枕寒　梧桐樹三更雨不道離情
正苦一葉葉一聲聲空階滴到明

歸國遥

香玉翠鳳寶釵垂𦆮𦆮鈿筸交勝金粟越羅

春水渌画堂照簾殘燭夢餘更漏促謝娘無
限心曲曉屏山斷續
雙臉小鳳戰篦金颭艷舞衣無力風斂藕絲
秋色染　錦帳繡幃斜掩露珠清曉簟粉心
黄蘂花靨黛眉山兩點

酒泉子

花映柳條吹向緑萍池上凭闌干窺細浪雨蕭
蕭　近來音信兩疎索洞房空寂寞掩銀屏
垂翠箔度春宵
日映紗窻金鴨小屏山口故鄉春煙靄隔背

蘭缸　宿粧惆悵倚高閣千里雲影薄草初
齊花又落燕雙雙
楚女不歸樓枕小河春水月孤明風又起杏
花稀　玉釵斜篸雲鬟髻裙上金縷鳳八行
書千里夢鴈南飛
羅帶惹香猶繫别時紅豆淚痕新金縷舊斷
離腸　一雙嬌燕語雕梁還是去年時節緑陰
濃芳草歇柳花狂

定西番

漢使昔年離别攀弱柳折寒梅上高臺

千里玉關春雪鴈來人不來羌笛一聲愁絶
月徘徊
海鷰欲飛調羽萱草綠杏花紅隔簾櫳
雙鬢翠霞金縷一枝春艷濃樓上月明三五
鏁窻中
細雨曉鶯春晚人似玉柳如眉正相思
羅幕翠簾初捲鏡中花一枝腸斷塞門消息
鴈來稀

楊柳枝

宜春苑外最長條閑裊春風伴舞腰正是玉

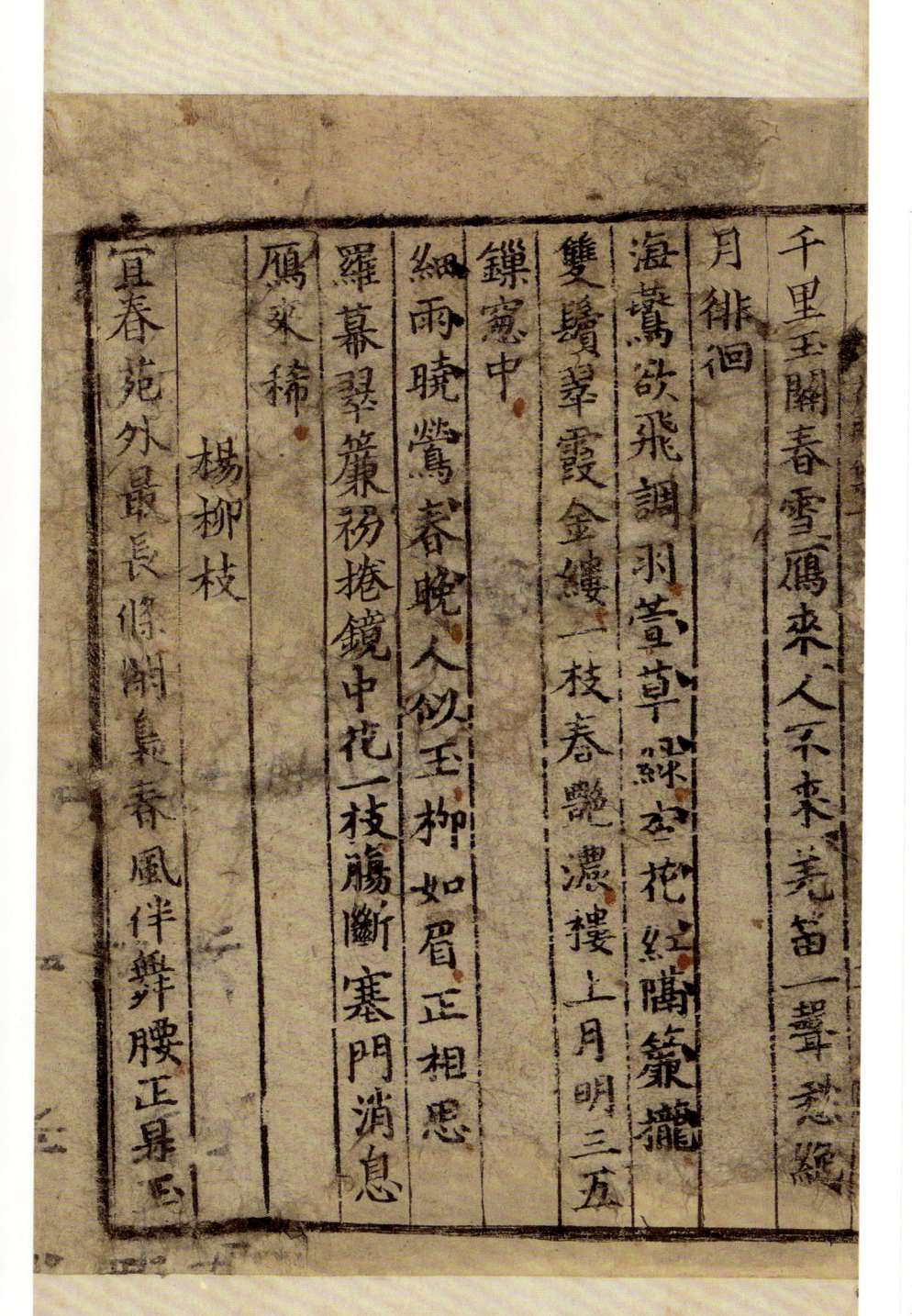

鬌墮低梳髻連娟細掃眉終日兩相思爲君
憔悴盡百花時
臉上金霞細眉間翠鈿深欹枕覆鴛衾隔簾
鶯百囀感君心
撲蕊添黃子呵花滿翠鬟鴛枕映屏山月明
三五夜對芳顏
轉眄如波眼娉婷似柳腰花裏暗相招憶君
腸欲斷恨春宵
懶拂鴛鴦枕休縫翡翠裙羅帳罷爐熏近來
心更切爲思君

河瀆神

河上望叢祠廟前春雨來時楚山無限鳥飛
遲蘭棹空傷別離　何處杜鵑啼不歇艷紅
開盡如血蟬鬢美人愁絕百花芳草佳節
孤廟對寒潮西陵風雨蕭蕭謝娘惆悵倚欄
橈淚流玉筯千條　暮天愁聽思歸落早梅
香滿山郭迴首兩情蕭索離魂何處飄泊
銅鼓賽神來滿庭幡蓋徘徊水村江浦過風
雷楚山如畫煙開　離別櫓聲空蕭索玉容
惆悵粧薄青麥燕飛落落捲簾愁對珠閣

女冠子

含嬌含笑宿翠殘紅窈窕鬢如蟬寒玉簪秋水輕紗捲碧煙　雪胸鸞鏡裏琪樹鳳樓前寄語青娥伴早求仙

霞帔雲髮鈿鏡仙容似雪畫愁眉遮語迴輕扇含羞下繡幃　玉樓相望久花洞恨來遲早晚乘鸞去莫相遺

玉胡蝶

秋風淒切傷離行客未歸時塞外草先衰江南鴈到遲　芙蓉凋嫩臉楊柳墮新眉搖落

使人悲斷腸誰得知

花間集卷第一

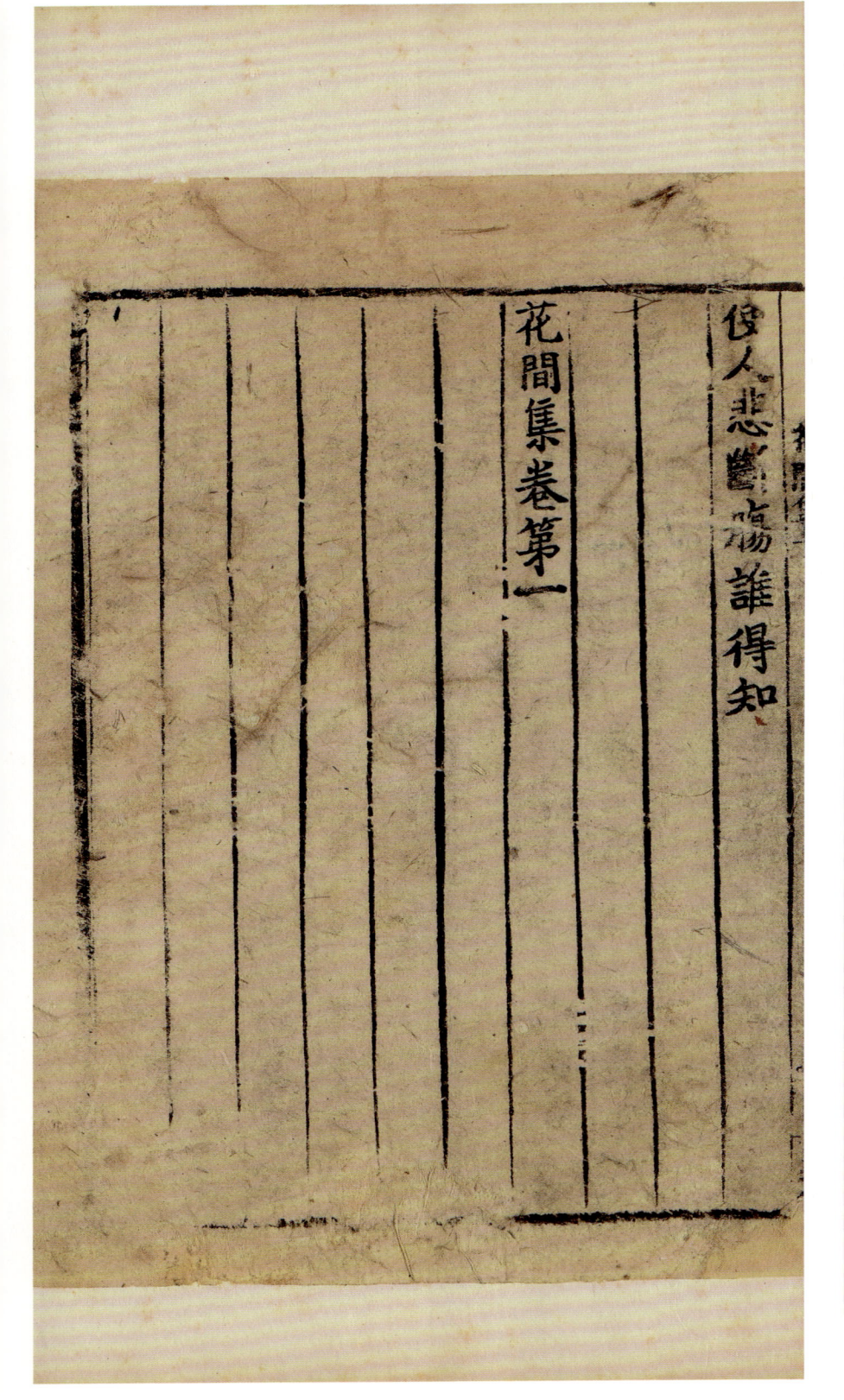

花間集卷第二　四十九首

温助教庭筠十六首

清平樂二首、　遐方怨二首　訴衷情一首

思帝鄉一首　夢江南二首　河傳三首

蕃女怨二首　荷葉盃三首

皇甫先輩松十二首

天仙子二首　浪濤沙二首　楊柳枝二首

摘得新二首　夢江南二首　採蓮子一首

韋相莊二十二首

浣溪沙五首　菩薩蠻五首　歸國遥三首

清平樂　温庭筠

上陽春晚宮女愁蛾淺新歲清平思同輦爭那長安路遠　鳳帳鴛被徒燻寂寞花鏁千門竟把黃金買賦爲妾將上明君

洛陽愁絕楊柳花飄雪終日行人爭攀折橋下水流嗚咽　上馬爭勸離觴南浦鶯聲斷腸愁殺平原年少迴首揮淚千行

遐方怨

憑繡檻解羅幃未得君書斷腸瀟湘春鴈飛
不知征馬幾時歸海棠花謝也雨霏霏
花半坼雨初晴未捲珠簾夢殘惆悵聞曉鶯
宿粧眉淺粉山横約鬟鸞鏡裏繡羅輕

訴衷情

鶯語花舞春晝午雨霏微金帶枕宮錦鳳
帷柳弱蝶交飛依依遼陽音信稀夢中歸

思帝鄉

花花滿枝紅似霞羅袖畫簾腸斷卓香車
迴面共人閑語戰篦金鳳斜唯有阮郎春盡

不歸家

夢江南

千萬恨恨極在天涯山月不知心裏事水風空落眼前花搖曳碧雲斜

梳洗罷獨倚望江樓過盡千帆皆不是斜暉脉脉水悠悠腸斷白蘋洲

河傳

江畔相喚曉粧仙仙景箇女採蓮請君莫向那岸邊少年好花新滿船紅袖搖曳逐風暖垂玉腕腸向柳絲斷浦南歸浦北歸莫

晚來人已稀
湖上閑望雨蕭蕭煙浦花橋路遥謝娘翠娥
愁不銷終朝夢魂迷晚潮　蕩子天涯歸棹
遠春已晚鶯語空腸斷若耶溪溪水西柳堤
不聞郎馬嘶
同伴相喚杏花稀夢裏每愁依違仙客一去
鸞已飛不歸淚痕空滿衣　天際雲鳥引晴
遠春已晚烟靄渡南苑雪梅香柳帶長小娘
轉令人意傷

蕃女怨

蕙枝香雪開已遍細雨雙鷰鈿蟬箏金雀扇
畫梁相見鴈門消息不歸來又飛迴
磧南沙上驚鴈起飛雪千里玉連環金鏃箭
年年征戰畫樓離恨錦屏空杏花紅

荷葉盃

一點露珠凝冷波影滿池塘緑莖紅艷兩相
亂腸斷水風涼
鏡水夜來秋月如雪採蓮時小娘紅粉對寒
浪惆悵正思想
楚女欲歸南浦朝雨濕愁紅小舡搖漾入花

裏波起隔西風

天仙子　皇甫先輩松

晴野鷺鷥飛一隻，水葓花發秋江碧。劉郎此日別天仙，登綺席，淚珠滴，十二晚峯高歷歷。

躑躅花開紅照水，鷓鴣飛遶青山觜。行人經歲始歸來，千萬里，錯相倚，懊惱天仙應有以。

浪濤沙

灘頭細草接疎林，浪惡罾舡半欲沉。宿鷺眠鷗飛舊浦，去年沙觜是江心。

蠻歌豆蔻北人愁，蒲雨杉風野艇秋。浪起鵁

鶄眠不得寒沙細細入江流

楊柳枝

春入行宮映翠微玄宗侍女舞煙絲如今柳
向空城綠玉笛何人更把吹

爛熳春歸水國時吳王宮殿柳絲垂黃鶯長
叫空閨畔西子無因更得知

摘得新

酌一巵須教玉笛吹錦筵紅蠟燭莫來遲繁
紅一夜經風雨是空枝

摘得新枝枝葉葉春管絃兼美酒最關人平

生都得幾十度展香茵

夢江南

蘭燼落屏上暗紅蕉閑夢江南梅熟日夜船
吹笛雨蕭蕭人語驛邊橋
樓上寢殘月下簾旌夢見秣陵惆悵事桃花
柳絮滿江城雙髻坐吹笙

採蓮子

菡萏香蓮十頃陂舉棹小姑貪戲採蓮遲年少
晚來弄水船頭濕舉棹更脫紅裙裹鴨兒年少
船動湖光灧灧秋舉棹貪看年少信船流年少

無端隔水抛蓮子 舉棹 遥被人知半日羞 年少

浣溪沙 韋相 莊

清曉粧成寒食天 柳毬斜裊間花鈿 捲簾直出畫堂前 指點牡丹初綻朵 日高猶自凭朱欄 含嚬不語恨春殘

欲上鞦韆四體慵 擬教人送又心忪 畫堂簾幕月明風 此夜有情誰不極 隔墻梨雪又玲瓏 玉容憔悴惹微紅

惆悵夢餘山月斜 孤燈照壁背紅紗 小樓高閣謝娘家 暗想玉容何所似 一枝春雪凍

梅花滿身香霧簇朝霞
緑樹藏鶯鶯正啼柳絲斜拂白銅堤弄珠江
上草萋萋　日暮飲歸何處客繡鞍驄馬一
聲嘶滿身蘭麝醉如泥
夜夜相思更漏殘傷心明月凭欄干想君思
我錦衾寒　咫尺畫堂深似海憶來唯把舊
書看幾時携手入長安

菩薩蠻

紅樓別夜堪惆悵香燈半捲流蘇帳殘月出
門時美人和淚辭　琵琶金翠羽絃上黃鶯

語勸我早歸家綠窻人似花
人人盡說江南好遊人只合江南老春水碧
於天畫船聽雨眠　鑪邊人似月皓腕凝雙
雪未老莫還鄉還鄉須斷腸
如今却憶江南樂當時年少春衫薄騎馬倚
斜橋滿樓紅袖招　翠屏金屈曲醉入花叢
宿此度見花枝白頭誓不歸
勸君今夜須沉醉罇前莫話明朝事珎重主
人心酒深情亦深　須愁春漏短莫訴金盃
滿遇酒且呵呵人生能幾何

洛陽城裏春光好洛陽才子他鄉老柳暗魏
王堤此時心轉迷　桃花春水渌水上鴛鴦
浴凝恨對殘暉憶君君不知

歸國遥

春欲暮滿地落花紅帶雨惆悵玉籠鸚鵡單
棲無伴侶　南望去程何許問花花不語早
晚得同歸去恨無雙翠羽
金翡翠爲我南飛傳我意罨畫橋邊春水幾
年花下醉　别後只知相愧淚珠難遠寄羅
幕繡幃鴛被舊歡如夢裏

春欲晚戲蝶遊蜂花爛熳日落謝家池館柳
絲金縷斷　睡覺綠鬟風亂畫屏雲雨散閑
倚博山長歎淚流沾皓腕

應天長

綠槐陰裏黄鸎語深院無人春晝午畫簾垂
金鳳舞寂寞繡屏香一炷　碧天雲無定處
空有夢魂來去夜夜綠窻風雨斷腸君信否
别來半歲音書絶一寸離腸千萬結難相見
易相别又是玉樓花似雪　暗相思無處說
惆悵夜來煙月想得此時情切淚沾紅袖黦

荷葉盃

絕代佳人難得傾國花下見無期一雙愁黛
遠山眉不忍更思惟　閑掩翠屏金鳳殘夢
羅幕畫堂空碧天無路信難通惆悵舊房櫳
記得那年花下深夜初識謝娘時水堂西面
畫簾垂攜手暗相期　惆悵曉鶯殘月相別
從此隔音塵如今俱是異鄉人相見更無因

清平樂

春愁南陌故國音書隔細雨霏霏梨花白燕
拂畫簾金額　盡日相望王孫塵滿衣上淚

痕誰家橫過吹笛騎馬西望銷魂

野花芳草寂寞關山道柳吐金絲鶯語早惆悵香閨暗老　羅帶悔結同心獨凭朱欄思深夢覺半牀斜月小窗風觸鳴琴

何處遊女蜀國多雲雨雲解有情花解語窣地繡羅金縷　粧成不整金鈿含羞待月鞦韆任在綠槐陰裏門臨春水橋邊

鶯啼殘月繡閣香燈滅門外馬嘶郎欲別正是落花時節　粧成不畫蛾眉含愁獨倚金扉去路香塵莫掃掃即郎去歸遲

望遠行

欲别無言倚畫屏，含恨暗傷情。謝家庭樹錦鷄鳴，殘月落邊城。　人欲别，馬頻嘶，緑槐千里長堤。出門芳草路萋萋，雲雨别來易東西。不忍别君後，却入舊香閨。

花間集卷第二

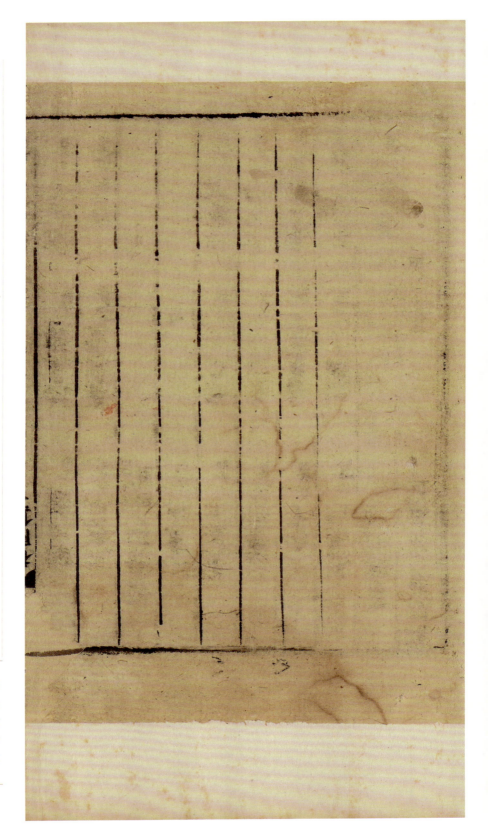

花間集卷第三　五十首

韋相莊 二十二首

薛侍郎昭蘊 十九首

女冠子 二首　謁金門 一首

牛給事 嶠 五首

柳枝 五首

謁金門　韋相 莊

春漏促金燼暗挑殘燭一夜簾前風撼竹夢魂相斷續　有箇嬌饒如玉夜夜繡屏孤宿閑抱琵琶尋舊曲遠山眉黛緑

空相憶無計得傳消息天上常娥人不識寄書何處覓　新睡覺來無力不忍把君書跡滿院落花春寂寂斷腸芳草碧

江城子

恩重嬌多情易傷漏更長解鴛鴦朱唇未動先
覺口脂香緩揭繡衾抽皓腕移鳳枕枕潘郎
髻鬟狼藉黛眉長出蘭房別檀郎角聲嗚咽星
斗漸微茫露冷月殘人未起留不住淚千行

河傳

何處煙雨隋堤春暮柳色蔥蘢畫橈金縷翠
旗高颭香風水光融　青娥殿脚春粧媚輕
雲裏綽約司花妓江都宮闕清淮月映迷樓
古今愁

春晚風暖錦城花滿狂殺遊人玉鞭金勒尋
勝馳驟輕塵惜良晨　翠娥爭勸臨邛酒纖
纖手拂面垂絲柳歸時煙裏鍾鼓正是黃昏
暗銷魂

錦浦春女繡衣金縷霧薄雲輕花深柳暗時
節正是清明雨初晴　玉鞭魂斷煙霞路鶯
鶯語一望巫山雨香塵隱映遥望翠檻紅樓
黛眉愁

天仙子

悵望前回夢裏期看花不語苦尋思露桃宮

裊小腰肢，眉眼細，鬢雲垂。唯有多情宋玉知。

深夜歸來長酩酊，扶入流蘇猶未醒。醺醺酒氣麝蘭和，驚睡覺，笑呵呵，長道人生能幾何。

蟾彩霜華夜不分，天外鴻聲枕上聞。繡衾香冷嬾重薰。人寂寂，葉紛紛，纔睡依前夢見君。

夢覺雲屏依舊空，杜鵑聲咽隔簾櫳。玉郎薄幸去無蹤。一日日，恨重重，淚界蓮腮兩線紅。

金似衣裳玉似身，眼如秋水鬢如雲。霞裙月帔一羣羣。來洞口，望煙分，劉阮不歸春日曛。

喜遷鶯

人洶洶鼓鼕鼕襟袖五更風大羅天上月朦朧騎馬上虛空　香滿衣雲滿路鸞鳳遶身飛舞霓旌旛節一羣羣引見玉華君

街鼓動禁城開天上探人迴鳳銜金牓出門來平地一聲雷　鶯已遷龍已化一夜滿城車馬家家樓上簇神仙爭看鶴冲天

思帝鄉

雲髻墜鳳釵垂髻墜釵垂無力枕函欹翡翠屏深月落漏依依說盡人間天上兩心知

春日遊杏花吹滿頭陌上誰家年少足風流妾

將身嫁與一生休縱被無情弃不能羞

訴衷情

燭燼香殘簾未捲夢初驚花欲謝深夜月朧明何處按歌聲輕輕舞衣塵暗生負春情

碧沼紅芳煙雨靜倚蘭橈垂玉珮交帶裊纖腰鴛夢隔星橋迢迢越羅香暗銷墜花翹

上行盃

芳草灞陵春岸柳煙深滿樓絃管一曲離腸寸寸斷今日送君千萬紅鏤玉盤金鏤盞須勸珍重意莫辭滿

白馬玉鞭金轡少年郎離別容易迢遞去程千萬里　惆悵異鄉雲水滿酌一盃勸和淚須愧珍重意莫辭醉

女冠子

四月十七正是去年今日別君時忍淚佯低面含羞半斂眉　不知魂已斷空有夢相隨除却天邊月沒人知

昨夜夜半枕上分明夢見語多時依舊桃花面頻低柳葉眉　半羞還半喜欲去又依依覺來知是夢不勝悲

更漏子

鍾鼓寒樓閣暝月照古桐金井深院閉小庭空落花香露紅　煙柳重春霧薄燈背水窻高閣閑倚戶暗沾衣待郎郎不歸

酒泉子

月落星沉樓上美人春睡綠雲傾金枕膩畫屏深　子規啼破相思夢曙色東方纔動柳烟輕花露重思難任

木蘭花

獨上小樓春欲暮愁望玉關芳草路消息斷

不逢人却斂細眉歸繡戸　坐看落花空歎
息羅袂濕班紅淚滴千山萬水不曾行魂夢
欲教何處覓

小重山

一閉昭陽春又春夜寒宮漏永夢君恩臥思
陳事暗消魂羅衣濕紅袂有啼痕　歌吹隔
重閽遶庭芳草綠倚長門萬般惆悵向誰論
顒情立宮殿欲黄昏

浣溪沙　　薛侍郎 昭藴

紅蓼渡頭秋正雨印沙鷗跡自成行整鬟飄

袖野風香　不語含嚬深浦裏幾迴愁煞棹
舡郎　鷰歸帆盡水茫茫
鈿匣菱花錦帶垂靜臨蘭檻卸頭時約鬟低
珥算歸期　花茂草青湘渚闊夢餘空有漏
依依二年終日損芳菲
粉上依稀有淚痕郡庭花落欲黃昏遠情深
恨與誰論　記得去年寒食日延秋門外卓
金輪日斜人散暗銷魂
握手河橋柳似金蜂鬚輕惹百花心蕙風蘭
思寄清琴　意滿便同春水滿情深還似酒

盃深楚醞酪月兩沉沉

簾下三朝出寺墻蒲街垂柳綠陰長嫩紅輕翠間濃粧　瞥地見時猶可可卻來閑處暗思量如今情事隔仙鄉

江館清秋纜客船故人相送夜開筵麝煙蘭燄簇花鈿　正是斷魂迷楚雨不堪離恨咽湘絃月高霜白水連天

傾國傾城恨有餘幾多紅淚泣姑蘇倚風凝睇雪肌膚　吳主山河空落日越王宮殿半平蕪藕花菱蔓滿重湖

越女淘金春水上步搖雲鬟珮鳴璫渚風江草又清香　不為遠山凝翠黛只應含恨向斜陽碧桃花謝憶劉郎

喜遷鶯

殘蟾落曉鍾鳴羽化覺身輕乍無春睡有餘酲杏苑雪初晴　紫陌長襟袖冷不是人間風景迴看塵土似前生休羨谷中鶯

金門曉玉京春駿馬驟輕塵樺煙深處白衫新認得化龍身　九陌喧千戶啓滿袖桂香風細杏園歡宴曲江濱自此占芳辰

清明節雨晴天得意正當年馬驕泥軟錦連
乹香袖半籠鞭　花色融人竟賞盡是繡鞍
朱鞅日斜無計更留連歸路草和煙

小重山

春到長門春草青玉堦華露滴月朧明東風
吹斷玉簫聲宮漏促簾外曉啼鶯　愁起夢
難成紅粧流宿淚不勝情手挼裙帶遶宮行
思君切羅幌暗塵生

秋到長門秋草黃畫梁雙鷰去出宮墻玉簫
無復理霓裳金蟬墜鸞鏡掩休粧　憶昔在

昭陽舞衣紅綬帶繡鴛鴦至今猶惹御鑪香
魂夢斷愁聽漏更長

離別難

寶馬曉鞴彫鞍羅幃乍別情難那堪春景媚送君千萬里半粧珠翠落露華寒紅蠟燭青絲曲偏能鈎引淚闌干　良夜促香塵綠魂欲迷檀眉半斂愁低未別心先咽欲語情難說出芳草路東西搖袖立春風急櫻花楊柳雨淒淒

相見歡

羅襦繡袂香紅畫堂中細草平沙番馬小屏風　卷羅幕凭粧閣思無窮暮雨輕煙魂斷隔簾櫳

醉公子

慢綰青絲髮光研吳綾襪床上小熏籠韶州新退紅　叵耐無端處撿得從頭污惱得眼慵閑閒人開事來

女冠子

求仙去也翠鈿金篦盡捨入喦巒霧捲黃羅帔雲彫白玉冠　野煙溪洞冷林月石橋寒

靜夜松風下禮天壇

雲羅霧縠新授明威法籙降真函髻綰青絲

髮冠抽碧玉篸 往來雲過五去住島經三

正遇劉郎使啓瑤緘

謁金門

春滿院疊損羅衣金線睡覺水精簾未捲簷

前雙語鷰 斜掩金鋪一扇滿地落花千片

早是相思腸欲斷忍教頻夢見

柳枝 牛給事 嶠

解凍風來末上青解垂羅袖拜卿卿無端裊

娜臨官路舞送行人過一生
吳王宫裏色偏深一簇纖條萬縷金不憤鈸
塘蘇小小引郎松下結同心
橋北橋南千萬條恨伊張緒不相饒金羈白
馬臨風望認得楊家静婉腰
狂雪隨風撲馬飛惹煙無力被春欺莫交移
入靈和殿宫女三千又妬伊
裊翠籠煙拂暖波舞裙新染麴塵羅章華臺
畔隋堤上傍得春風尔許多

花間集卷第三

花間集卷第四　五十首

牛給事嶠　二十六首

女冠子四首　夢江南二首　感恩多二首

應天長二首　更漏子三首　望江怨一首

菩薩蠻七首　酒泉子一首　定西番一首

玉樓春一首　西溪子一首　江城子二首

張舍人泌　二十三首

浣溪沙十首　臨江仙一首　女冠子一首

河傳二首　酒泉子二首　生查子一首

思越人一首　滿宮花一首　柳枝一首

南歌子 三首

女冠子　　牛給事嶠

綠雲高髻，點翠勻紅時世。月如眉，淺笑含雙靨，低聲唱小詞。　眼看唯恐化，魂蕩欲相隨。玉趾迴嬌步，約佳期。

錦江煙水，卓女燒春濃。美小檀霞，繡帶芙蓉帳，金釵芍藥花。　額黃侵膩髮，臂釧透紅紗。柳暗鶯啼處，認郎家。

星冠霞帔，住在藥珠宮裏。佩丁當，明翠搖蟬翼，纖珪理宿粧。　醮壇春草綠，藥院杏花香。

青鳥傳心事寄劉郎
雙飛雙舞春晝後園鶯語卷羅幃錦字書封了銀河鴈過遲　鴛鴦排寶帳荳蔻繡連枝不語匀珠淚落花時

夢江南

啣泥鷰飛到畫堂前占得杏梁安穩處體輕唯有主人憐堪羨好因緣
紅繡被兩兩間鴛鴦不是鳥中偏愛尔爲緣交頸睡南塘全勝薄情郎

感恩多

兩條紅粉淚多少香閨意強攀桃李枝斂愁眉　陌上鶯啼蝶舞柳花飛柳花飛願得郎心憶家還早歸

自從南浦別愁見丁香結近來情轉深憶鴛衾　幾度將書託煙鴈淚盈襟淚盈襟禮月求天願君知我心

應天長

玉樓春望晴煙滅舞衫斜卷金調脫黃鸝嬌囀聲初歇杏花飄盡攏山雪　鳳釵低赴節筵上王孫愁絕鴛鴦對銜羅結兩情深夜月

雙眉澹薄藏心事清夜背燈嬌又醉玉釵橫
山枕膩寳帳鴛鴦春睡美　别經時無限意
虚道相思憔悴莫信綵牋書裏賺人腸斷字

更漏子

星漸稀漏頻轉何處輪臺聲怨香閣掩杏花
紅月明楊柳風　挑錦字記情事唯願兩心
相似收淚語背燈眠玉釵橫枕邊
春夜闌更漏促金燼暗挑殘燭驚夢斷錦屏
深兩鄉明月心　閨草碧望歸客還是不知
消息辜負我悔憐君告天天不聞

南浦情紅粉淚爭奈兩人深意低翠黛卷征
衣馬嘶霜葉飛　招手別寸腸結還是去年
時節書託鴈夢歸家覺來江月斜

望江怨

東風急惜別花時手頻執羅幃愁獨入馬嘶殘
雨春蕪濕倚門立寄語薄情郎粉香和淚泣

菩薩蠻

舞裙香暖金泥鳳畫梁語鷰驚殘夢門外柳
花飛玉郎猶未歸　愁匀紅粉淚眉剪春山
翠何處是遼陽錦屏春晝長

柳花飛處鶯聲急晴街春色香車立金鳳小
簾開臉波和恨來　今宵求夢想難到青樓
上贏得一場愁鴛衾誰並頭
玉釵風動春幡急交枝紅杏籠煙泣樓上望
卿卿惡寒新雨晴　薰爐蒙翠被繡帳鴛鴦
睡何處有相知羨他初畫眉
畫屏重疊巫陽翠楚神尚有行雲意朝暮幾
般心向他情漫深　風流今古隔虛作瞿塘
客山月照山花夢迴燈影斜
風簾鷰舞鶯啼柳粧臺約鬢低纖手釵重髻

盤珊一枝紅牡丹　門前行樂客白馬嘶春
色故故墜金鞭迴頭應眼穿
綠雲鬢上飛金雀愁眉斂翠春煙薄香閣掩
芙蓉畫屏山幾重　窗寒天欲曙猶結同心苣
啼粉污羅衣問郎何日歸
玉樓冰簟鴛鴦錦粉融香汗流山枕簾外轆
轤聲斂眉含笑驚　柳陰煙漠漠低鬢蟬釵
落須作一生拚盡君今日歡

酒泉子

記得去年煙暖杏園花正發雪飄香江草綠

柳絲長　鈿車纖手卷簾望眉學春山樣鳳
釵低裊翠鬟落梅粧

定西番

紫塞月明千里金甲冷戍樓寒夢長安　鄉思
望中天闊漏殘星亦殘畫角數聲嗚咽雪漫漫

玉樓春

春入横塘摇淺浪花落小園空惆悵此情誰
信爲狂夫恨翠愁紅流枕上　小玉窻前嗔
鷰語紅淚滴穿金線縷鴈歸不見報郎歸織
成錦字封過與

捍撥雙盤金鳳蟬鬢玉釵搖動畫堂前人不
語絃解語彈到昭君怨處翠蛾愁不擡頭

西溪子

江城子

鵁鶄飛起郡城東碧江空半灘風越王宮殿蘋
葉藕花中簾卷水樓漁浪起千片雪雨濛濛
極浦煙消水鳥飛離筵分首時送金卮渡口楊
花狂雪任風吹日暮天空波浪急芳草岸雨如絲

浣溪沙　　張舍人泌

鈿轂香車過柳堤樺煙分處馬頻嘶為他沉

醉不成泥　花滿驛亭香露細杜鵑聲斷玉
蟾低含情無語倚樓西
馬上凝情憶舊遊照花淹竹小溪流鈿箏羅
幕玉搔頭　早是出門長帶月可堪分袂又
經秋晚風斜日不勝愁
獨立寒堦望月華露濃香泛小庭花繡屏愁
背一燈斜　雲雨自從分散後人間無路到
仙家但憑魂夢訪天涯
依約殘眉理舊黃翠鬟拋擲一簪長暖風晴
日罷朝粧　閑折海棠看又撚玉纖無力惹

餘香此情誰會倚斜陽

翡翠屏開繡幄紅謝娥無力曉粧慵錦帷鴛被宿香濃　微雨小庭春寂寞鷰飛鶯語隔簾櫳杏花凝恨倚東風

枕障燻鑪隔繡幃二年終日兩相思杏花明月始應知　天上人間何處去舊歡新夢覺來時黃昏微雨畫簾垂

花月香寒悄夜塵綺筵幽會暗傷神嬋娟依約畫屏人　人不見時還暫語令纔拋後愛微嚬越羅巴錦不勝春

偏戴花冠白玉簪睡容新起意沉吟翠鈿金縷鎮眉心　小檻日斜風悄悄隔簾零落杏花陰斷香輕碧鏁愁深

晚逐香車入鳳城東風斜揭繡簾輕慢迴嬌眼笑盈盈　消息未通何計是便須佯醉且隨行依稀聞道大狂生

小市東門欲雪天眾中依約見神仙蕊黃香畫貼金蟬　飲散黃昏人草草醉容無語立門前馬嘶塵哄一街煙

臨江仙

煙收湘渚秋江靜，蕉花露泣愁紅。五雲雙鶴去無蹤，幾迴魂斷，凝望向長空。　翠竹暗留珠淚，怨聞調寶瑟，波中花鬟月鬢綠雲重。古祠深殿，香冷雨和風。

女冠子二

露花煙草，寂寞五雲三島，正春深。皃減潛銷玉，香殘尚惹襟。　竹疎虛檻靜，松密醮壇陰。何事劉郎去，信沉沉。

河傳

渺莽雲水，惆悵暮帆，去程迢遞。夕陽芳草千

里萬里鴈聲無限起　夢魂悄斷煙波裏心如醉相
見何處是錦屏香冷無睡被頭多少淚
紅杏交枝相映密密濛濛一庭濃豔倚東
風香融透簾櫳　斜陽似共春光語蝶爭舞
更引流鶯妒魂銷千片玉罇前神仙瑤池醉暮天

酒泉子

春雨打窗驚夢覺來天氣曉畫堂深紅焰小
背蘭釭　酒香噴鼻懶開缸惆悵更無人共
醉舊巢中新燕子語雙雙
紫陌青門三十六宮春色御溝輦路暗相通

杏園風　咸陽沽酒寶釵空笑指未央歸去

插花走馬落殘紅月明中

生查子

相見稀喜相見相見還相遠檀畫荔枝紅金

蔓蜻蜓軟　魚鴈疎芳信斷花落庭陰晚可

惜玉肌膚消瘦成慵懶

思越人

鷰雙飛鶯百囀越波堤下長橋鬬鈿花筐金

匣恰舞衣羅薄纖腰　東風澹蕩慵無力黛眉

愁聚春碧滿地落花無消息月明腸斷空憶

滿宮花

花正芳樓似綺寂寞上陽宮裏鈿籠金鏁睡鴛鴦簾冷露華珠翠　嬌艷輕盈香雪膩細雨黄鶯雙起東風惆悵欲清明公子橋邊沉醉

柳枝

膩粉瓊粧透碧紗雪休誇金鳳搔頭墜鬢斜髮交加　倚着雲屏新睡覺思夢笑紅腮隱出枕函花有些些

南歌子

柳色遮樓暗桐花落砌香畫堂開處遠風涼

高卷水精簾額襯斜陽

岸柳拖煙綠庭花照日紅數聲蜀魄入簾櫳

驚斷碧窗殘夢畫屏空

錦薦紅鸂鶒羅衣繡鳳皇綺疏飄雪北風狂

簾幕盡垂無事鬱金香

花間集卷第四

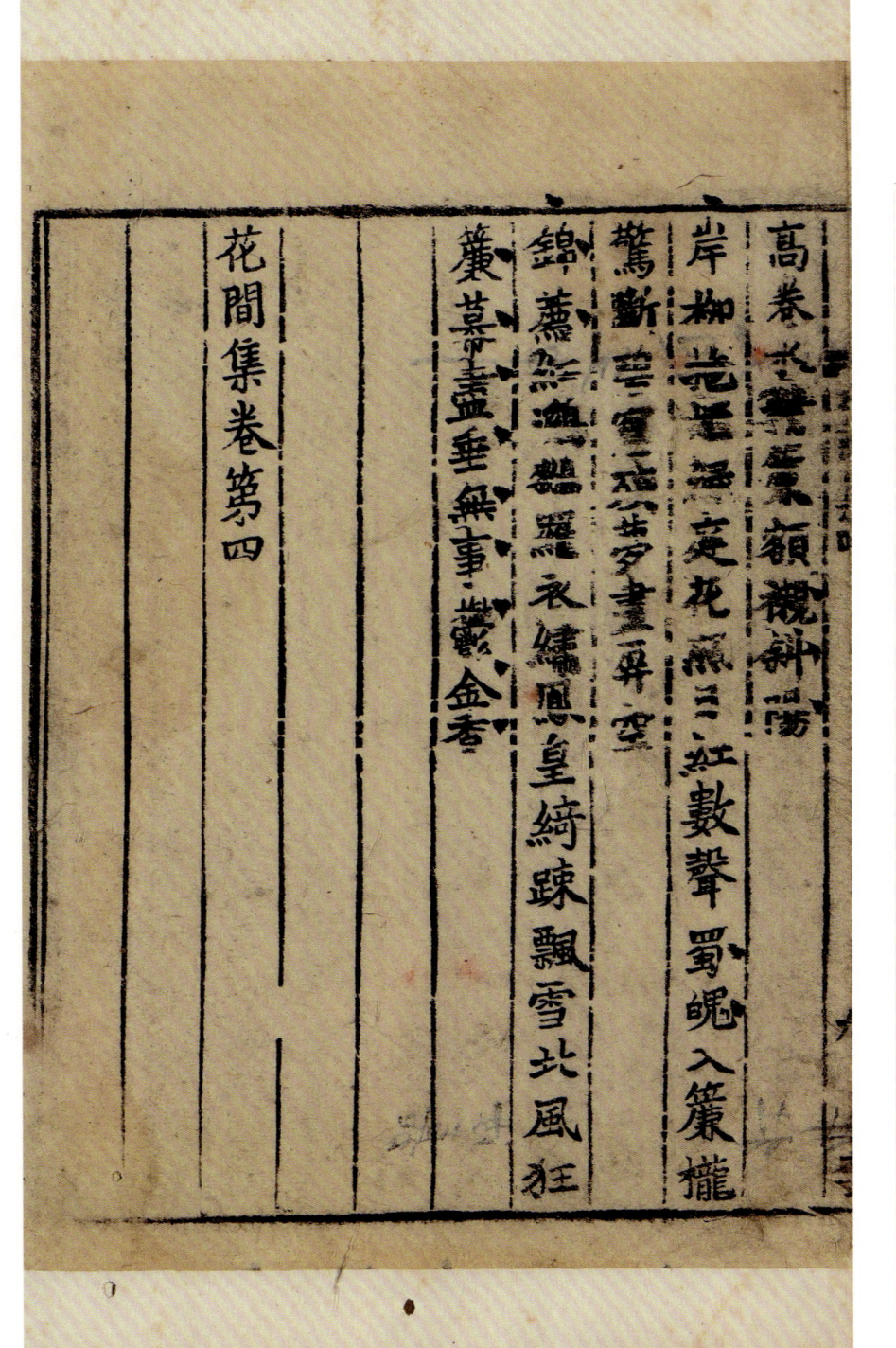

花間集卷第五　五十首

張舍人泌 四首

江城子 二首　河瀆神 一首　胡蝶兒 一首

毛司徒文錫 三十一首

虞美人 二首　酒泉子 一首　喜遷鶯 一首

贊成功 一首　西溪子 一首　中興樂 一首

更漏子 一首　接賢賓 一首　贊浦子 一首

甘州遍 二首　紗窗恨 二首　柳含煙 四首

醉花間 二首　浣沙溪 一首　浣溪沙 一首

月宮春 一首　戀情深 二首　訴衷情 二首

應天長 一首　河滿子 一首　巫山一段雲 一首

臨江仙 一首

牛學士 希濟 十一首

臨江仙 七首　酒泉子 一首　生查子 一首

中興樂 一首　謁金門 一首

歐陽舍人 炯 四首

浣溪沙 四首

江城子　張舍人 泌

碧欄干外小中庭，雨初晴，曉鶯聲飛絮落花。

時節近清明，睡起卷簾無一事，勻面了，沒心情。

浣花溪上見卿卿臉波秋水明黛眉輕綠雲高
綰金簇小蜻蜓好是問他來得麽和笑道莫多情

河瀆神

古樹噪寒鴉滿庭楓葉蘆花晝燈當午隔輕
紗畫閣珠簾影斜　門外往來祈賽客翩翩
帆落天涯迴首隔江煙火渡頭三兩人家

胡蝶兒

胡蝶兒晚春時阿嬌初著淡黃衣倚窗學畫
伊　還似花間見雙雙對對飛無端和淚拭
燕脂惹教雙翅垂

虞美人　　　　　　　毛司徒

鴛鴦對浴銀塘暖水面蒲梢短垂楊低拂麴塵波蛟絲結網露珠多滴圓荷　遥思桃葉吴江碧便是天河隔錦鱗紅鬣影沉沉相思空有夢相尋意難任

寶檀金縷鴛鴦枕綬帶盤宫錦夕陽低映小窻明南園緑樹語鶯鶯夢難成　玉爐香暖頻添炷滿地飄輕絮珠簾不卷度沉煙庭前閑立畫鞦韆豔陽天

酒泉子

綠樹春深鸎語鶯啼聲斷續蕙風飄蕩入芳叢惹殘紅　柳絲無力裊煙空金盞不辭須滿酌海棠花下思朦朧醉香風

喜遷鸎

芳春景曖晴煙喬木見鸎遷傳枝偎葉語關關飛過綺叢間　錦翼鮮金毳軟百轉千嬌相喚碧紗窻曉怕聞聲驚破鴛鴦㬉

贊成功

海棠未坼萬點深紅香包緘結一重重似含羞態邀勒春風蜂來蝶去任遶芳叢　昨夜微

雨飄灑庭中忽聞聲滴井邊桐美人驚起坐
聽晨鍾快教折取戴玉瓏璁

西溪子

昨日西溪遊賞芳樹奇花千樣鏁春光金罇
滿聽絃管嬌妓舞衫香暖不覺到斜暉馬馱歸

中興樂

荳蔻花繁煙豔深丁香軟結同心翠鬟女相
與共淘金　紅蕉葉裏猩猩語鴛鴦浦鏡中
鸞舞絲雨隔荔枝陰

更漏子

春夜闌春恨切花外子規啼月人不見夢難
憑紅紗一點燈　偏怨別是芳節庭下丁香
千結宵霧散曉霞輝梁間雙鷰飛

接賢賓

香韉鏤襜五花驄值春景初融流珠噴沫躞
蹀汗血流紅　少年公子能乘馭金鑣玉轡瓏
璁爲惜珊瑚鞭不下驕生百步千蹤信穿花
從拂柳向九陌追風

贊浦子

錦帳添香睡金鑪換夕薰懶結芙蓉帶慵拖

翡翠裙　正是桃夭柳媚那堪暮雨朝雲宋
玉高唐意裁瓊欲贈君

甘州遍

春光好公子愛閑遊足風流金鞍白馬雕弓
寶劒紅纓錦襜出長鞦　花蔽膝玉銜頭尋
芳逐勝歡宴絲竹不曾休美人唱揭調是甘
州醉紅樓堯年舜日樂聖永無憂
秋風緊平磧鴈行低陣雲齊蕭蕭颯颯邊聲
四起愁聞戍角與征鼙　青塚北黑山西沙
飛聚散無定往往路人迷鐵衣冷戰馬血沾

蹄破蕃溪鳳皇詔下步步躡丹梯

紗窻恨

新春鷰子還來至一雙飛壘巢泥濕時時墜涴人衣　後園裏看百花發香風拂繡戶金扉月照紗窻恨依依

雙雙蝶翅塗鉛粉咂花心綺窻繡戶飛來穩畫堂陰　二三月愛隨飄絮伴落花來拂衣襟更剪輕羅片傳黄金

柳含煙

隋堤柳汴河春夾岸緑陰千里龍舟鳳舸木

蘭香錦帆張　因夢江南春景好一路流蘇
羽葆笙歌未盡起橫流鏁春愁
河橋柳占芳春映水含煙拂路幾迴攀折贈
行人暗傷神　樂府吹爲橫笛曲能使離腸
斷續不如移植在金門近天恩
章臺柳近垂旒低拂往來冠蓋朧朧春色滿
皇州瑞煙浮　直與路邊江畔別免被離人
攀折最憐京兆畫蛾眉葉纖時
御溝柳占春多半出宮墻婀娜有時倒影蘸
輕羅麴塵波　昨日金鑾巡上苑風亞舞腰

纖軟蔵培得地近皇宫瑞煙濃

醉花間

休相問怕相問相問還添恨春水滿塘生鸂鶒還相趁　昨夜雨霏霏臨明寒一陣偏憶戍樓人久絶邊庭信

深相憶莫相憶相憶情難極銀漢是紅墻一帶遥相隔　金盤珠露滴兩岸榆花白風摇玉珮清今夕爲何夕

浣沙溪

春水輕波浸緑苔批把洲上紫檀開晴日眠

沙鸂鶒穩暖相偎　羅襪生塵游女過有人
逢着弄珠迴蘭麝飄香初解珮忘歸來

浣溪沙

七夕年年信不違銀河清淺白雲微蟾光鵲
影伯勞飛　每恨蟪蛄憐婺女幾迴嬌妬下
鴛機今宵嘉會兩依依

月宮春

水精宮裏桂花開神仙探幾迴紅芳金蘂繡
重臺低傾馬腦盃　玉兎銀蟾爭守護姮娥
姹女戲相偎遥聽鈞天九奏玉皇親看來

戀情深

滴滴銅壺寒漏咽醉紅樓月宴餘香殿會鴛衾蕩春心　真珠簾下曉光侵鶯語隔瓊林寶帳欲開慵起戀情深

玉殿春濃花爛熳簇神仙伴羅裙窣地縷黄金奏清音　酒闌歌罷兩沉沉一笑動君心永願作鴛鴦伴戀情深

訴衷情

桃花流水漾縱横春晝彩霞明劉郎去阮郎行惆悵恨難平　愁坐對雲屏算歸程何時

攜手洞邊迎，訴衷情。

鴛鴦交頸繡衣輕，碧沼藕花馨。隈藻荇，映蘭汀，和雨浴浮萍。思婦對心驚，想邊庭，何時解珮掩雲屏，訴衷情。

應天長

平江波暖鴛鴦語，兩兩釣舡歸極浦。蘆洲一夜風和雨，飛起淺沙翹雪鷺。漁燈明遠渚，蘭棹今宵何處。羅袂從風輕舉，愁殺採蓮女。

河滿子

紅粉樓前月照，碧紗窻外鶯啼。夢斷遼陽

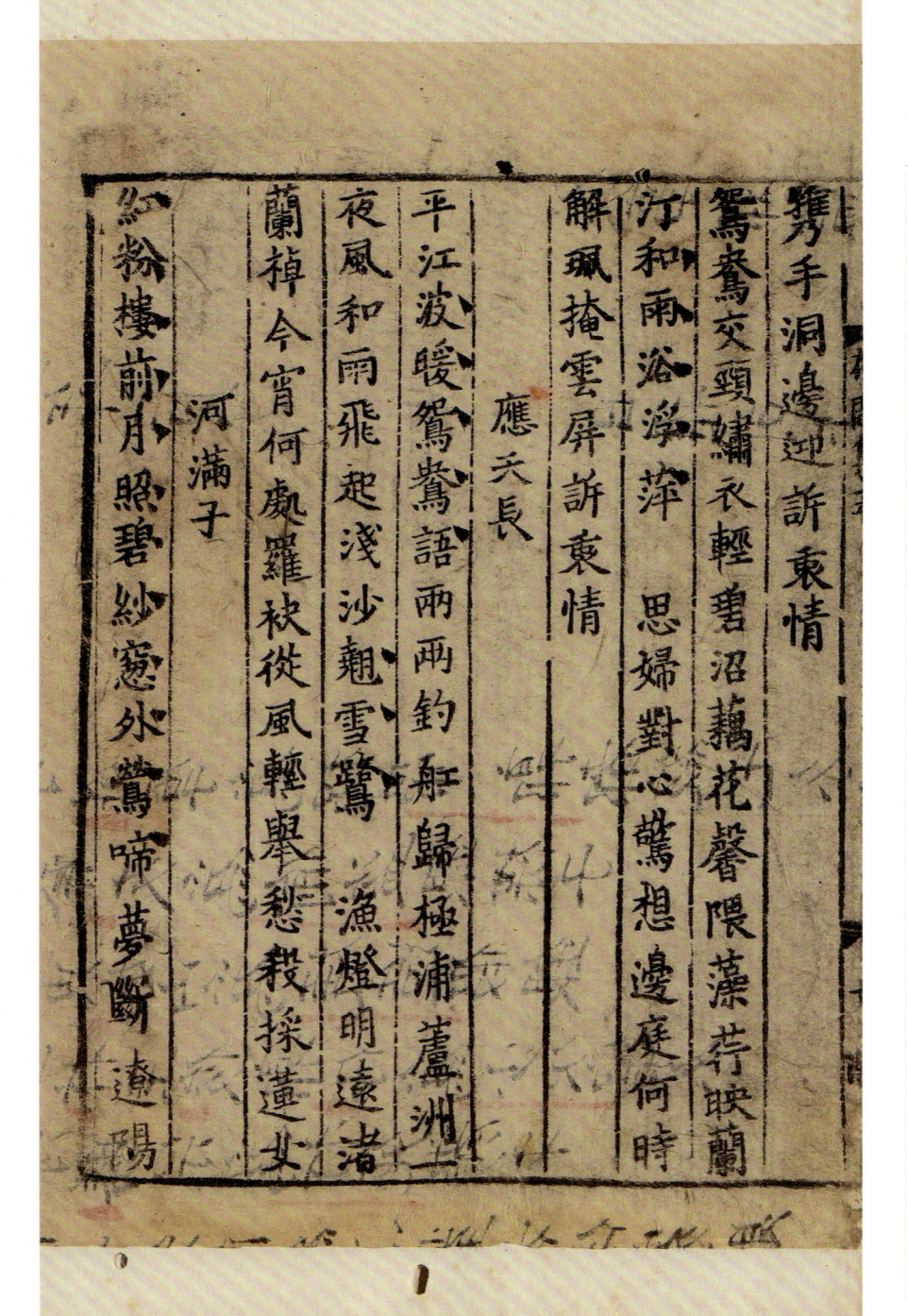

音信那堪獨守空閨恨對百花時節王孫緑

萋萋

巫山一叚雲

雨霽巫山上雲輕映碧天遠風吹散又相連

十二晚峯前　暗濕啼猿樹高籠過客舡朝

朝暮暮楚江邊幾度降神仙

臨江仙

暮蟬聲盡落斜陽銀蟾影挂瀟湘黄陵廟側

水茫茫楚山紅樹煙雨隔高唐　岸泊漁燈

風颭碎白蘋遠散濃香靈娥鼓瑟韻清商朱

絃凄切雲散碧天長

臨江仙　　牛學士 希濟

峭碧參差十二峯冷煙寒樹重重瑤姬宮殿
是仙蹤金鑪珠帳香靄晝偏濃　一自楚王
驚夢斷人間無路相逢至今雲雨帶愁容月
斜江上征棹動晨鍾

謝家仙觀寄雲岑巖蘿拂地成陰洞房不閉
白雲深當時丹竈一粒化黃金　石壁霞衣
猶半挂松風長似鳴琴時聞唳鶴起前林十
洲高會何處許相尋

渭闕宮城秦樹凋，玉樓獨上無憀。含情不語自吹簫，調清和恨，天路逐風飄。　何事乘龍人忽降，似知深意相招。三清携手路非遥，世間屏障，彩筆畫嬌饒。

江繞黃陵春廟閑，嬌鶯獨語關關。滿庭重疊綠苔班，陰雲無事，四散自歸山。　簫鼓聲稀香爐冷，月娥斂盡彎環。風流皆道勝人間，須知狂客，判死爲紅顔。

素洛春光瀲灧平，千重媚臉初生。凌波羅襪勢輕輕，煙籠日照，珠翠半分明。　風引寶衣

疑欲舞鸞迴鳳翥堪驚也知心許恐無成陳
王辭賦千載有聲名

柳帶搖風漢水濱平蕪兩岸爭匀鴛鴦對浴
浪痕新弄珠游女微笑自含春 輕步暗移
蟬鬢動羅裙風惹輕塵水精宫殿豈無因空
勞纖手解珮贈情人

洞庭波浪颭晴天君山一點凝煙此中真境
屬神仙玉樓珠殿相映月輪邊 萬里平湖
秋色冷星辰垂影參然橘林霜重更紅鮮羅
浮山下有路暗相連

酒泉子

枕轉簟涼清曉遠鍾殘夢月光斜簾影動舊鑪香　夢中説盡相思事纖手勻雙淚去年書今日意斷離腸

生查子

春山烟欲收天澹稀星小殘月臉邊明別淚臨清曉　語已多情未了迴首猶重道記得綠羅裙處處憐芳草

中興樂

池塘暖碧浸晴暉濛濛柳絮輕飛紅蕊凋來

醉夢還稀 春雲空有鴈歸 珠簾垂東風寂
寞恨郎抛擲 淚濕羅衣

謁金門

秋已暮重疊關山岐路嘶馬搖鞭何處去曉禽
霜滿樹 夢斷禁城鐘鼓淚滴枕檀無數一點
凝紅和薄霧翠蛾愁不語

浣溪沙　　歐陽舍人 炯

落絮殘鶯半日天玉柔花醉只思眠惹窻映
竹滿爐煙 獨掩畫屏愁不語斜欹瑤枕髻
鬟偏此時心在阿誰邊

天碧羅衣拂地垂美人初着更相宜宛風如舞透香肌　獨坐含嚬吹鳳竹園中緩步折花枝有情無力泥人時

相見休言有淚珠酒闌重得敘歡娛鳳屏鴛枕宿金鋪　蘭麝細香聞喘息綺羅纖縷見肌膚此時還恨薄情無

三字令

春欲盡日遲遲牡丹時羅幌卷翠簾垂彩牋書紅粉淚兩心知　人不在燕空歸負佳期香燼落枕函欹月分明花澹薄惹相思

花間集卷第五

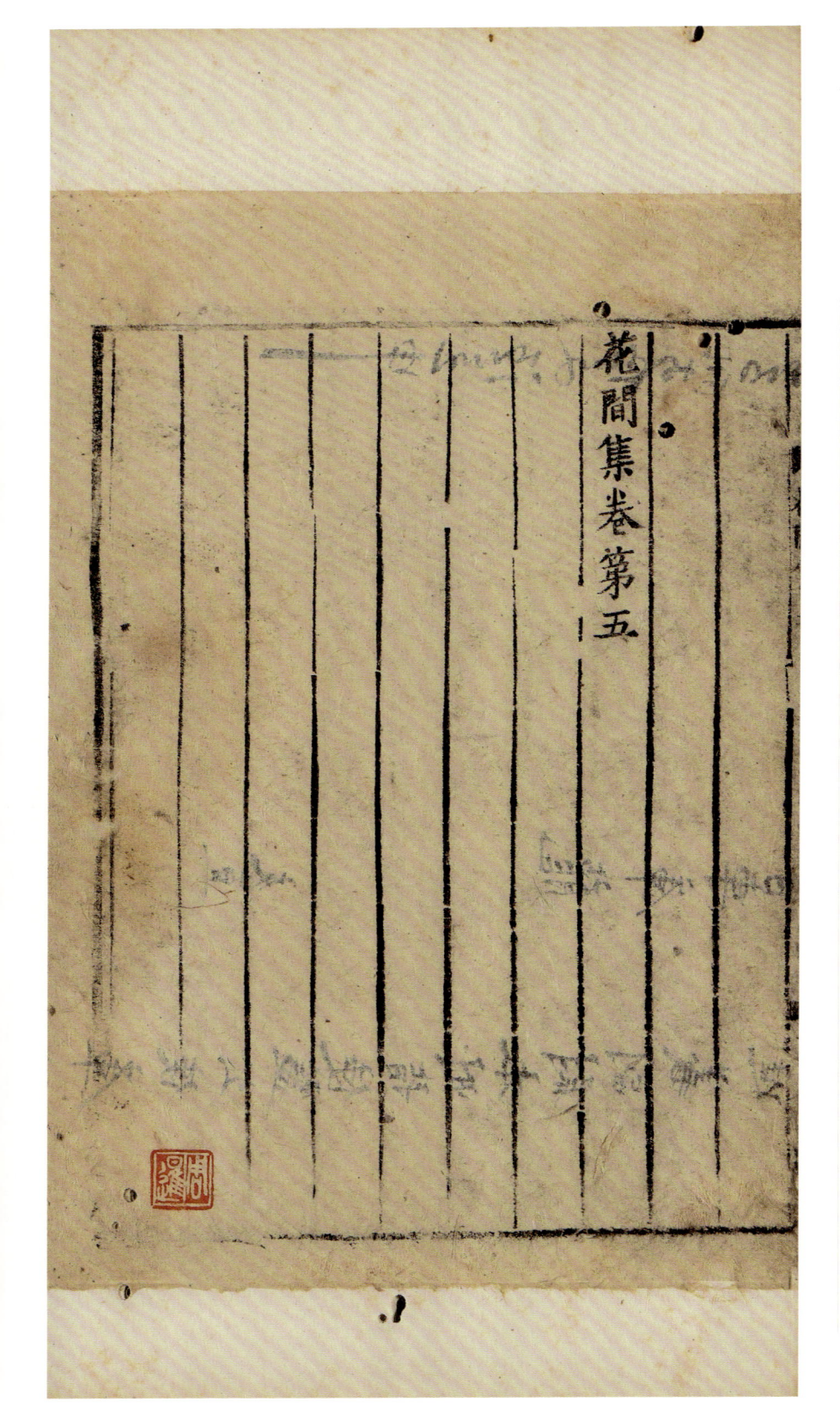

光緒乙酉十月重加手裝

鳳阿記

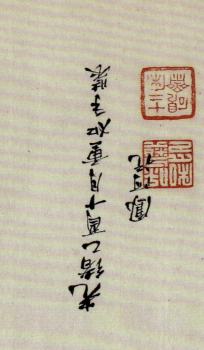

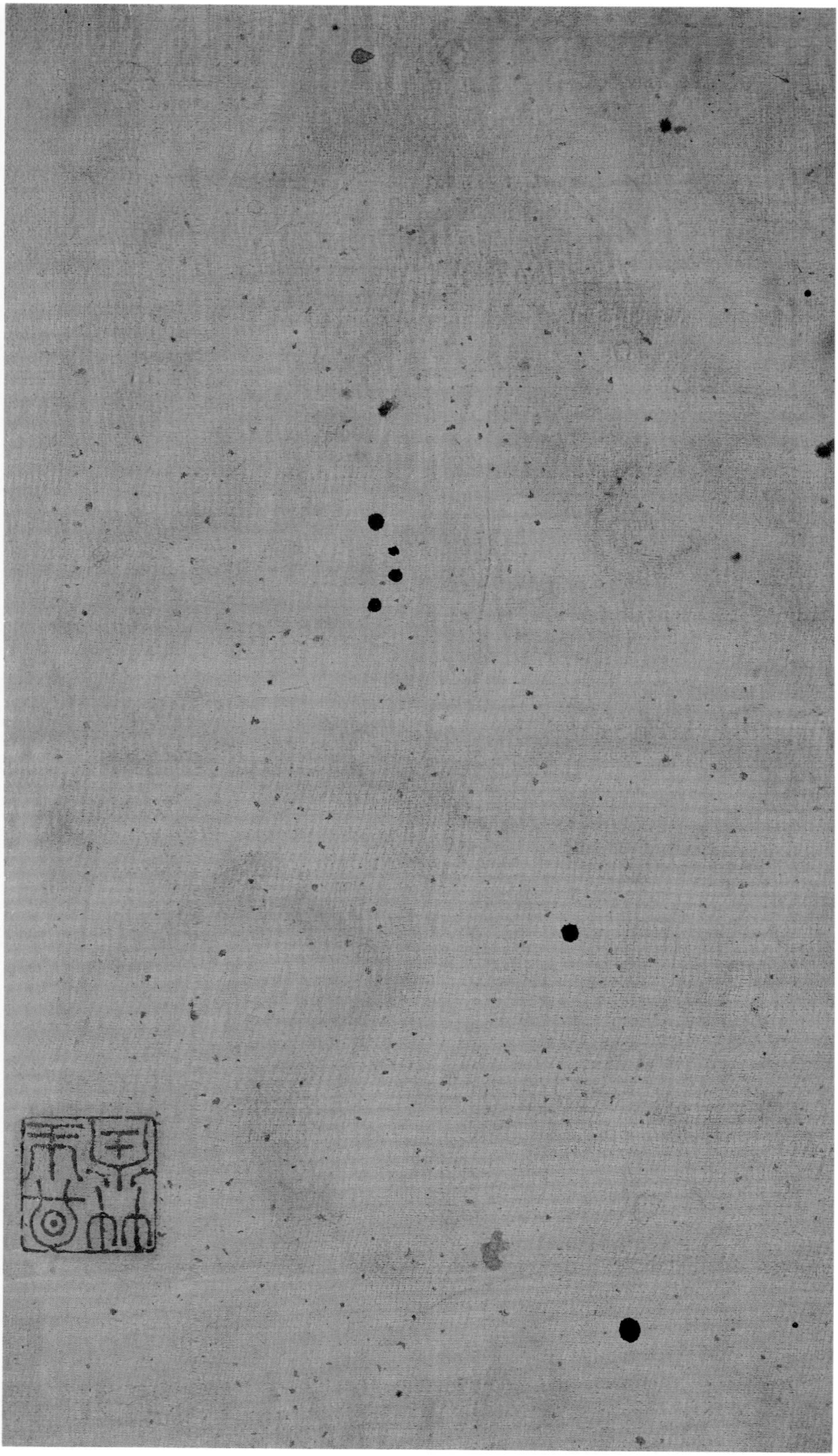

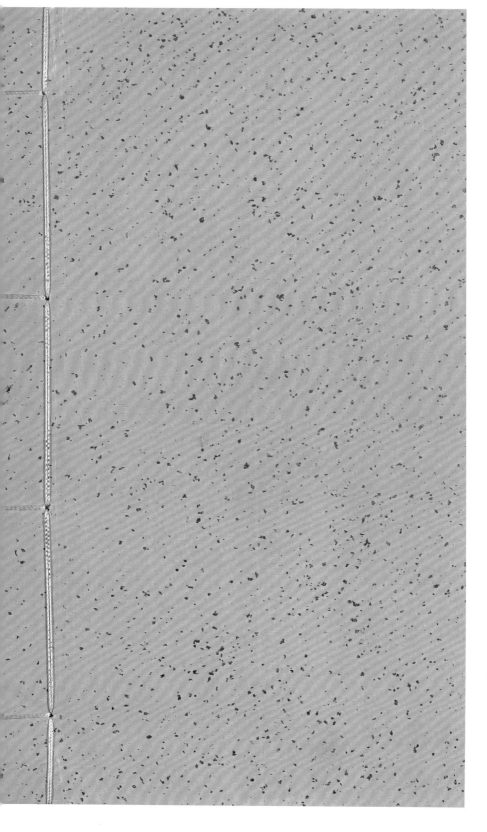

花間集卷第六　五十一首

虞美人 六首　河傳 三首　甘州子 五首

玉樓春 四首

南鄉子　歐陽舍人 炯

嫩草如烟石榴花發海南天日暮江亭春影淥
鴛鴦浴水遠山長看不足

畫舸停橈槿花籬外竹橫橋水上遊人沙上
女迴顧笑指芭蕉林裏住

岸遠沙平日斜歸路晚霞明孔雀自憐金翠
尾臨水認得行人驚不起

洞口誰家木蘭舡繫木蘭花紅袖女郎相引

去遊南浦笑倚春風[illegible]語

二八花鈿胸前如雪臉如蓮耳墜金鐶穿瑟瑟霞衣窄笑倚江頭招遠客

路入南中桄榔葉暗蓼花紅兩岸人家微雨後收紅豆樹底纖纖擡素手

袖斂鮫綃採香深洞笑相邀藤杖枝頭蘆酒滴鋪葵蓆豆蔻花間趖晚日

翡翠鵁鶄白蘋香裏小沙汀島上陰陰秋雨色蘆花撲數隻魚舡何處宿

獻衷心

見好花顏色爭笑東風雙臉上晚粧同閑小
樓深閣春景重重三五夜偏有恨月明中
情未已信曾通滿衣猶自染檀紅恨不如雙
鷰飛舞簾櫳春欲暮殘絮盡柳條空

賀明朝

憶昔花間初識面紅袖半遮粧臉輕轉石榴裙
帶故將纖纖玉指偷撚雙鳳金線　碧梧桐
鏁深深院誰料得兩情何日教繾綣羨春來
雙鷰飛到玉樓朝暮相見
憶昔花間相見後只憑纖手暗抛紅豆人前

不解巧傳心事別來依舊辜負春晝　碧羅衣
上蹙金繡覩對對鴛鴦空裛淚痕透想韶顏
非久終是爲伊只恁偷瘦

江城子

晚日金陵岸草平落霞明水無情六代繁華
暗逐逝波聲空有姑蘇臺上月如西子鏡照
江城

鳳樓春

鳳髻綠雲叢深掩房櫳錦書通夢中相見覺
來慵匀面淚臉珠融因想玉郎何處去對淑

景誰同　小樓中春思無窮倚欄顒望闇牽愁緒柳花飛起東風斜日照簾羅幌香冷粉屏空海棠零落鶯語殘紅

小重山　和學士凝

春入神京萬木芳禁林鶯語滑蝶飛狂曉花擎露妬啼粧紅日永風和百花香煙鏁柳絲長御溝澄碧水轉池塘時時微雨洗風光天衢遠到處引笙簧

正是神京爛熳時群仙初折得郄詵枝烏犀白紵最相宜精神出御陌袖鞭垂　柳色展

愁眉管絃分響亮探花期光陰占斷曲江春
新傍上名姓徹丹墀

臨江仙

海棠香老春江晚小樓霧縠涳濛翠鬟初出
繡簾中麝煙鸞珮惹蘋風　碾玉釵搖鸂鶒
戰雪肌雲鬢將融含情遙指碧波東越王臺
殿蓼花紅

披袍窣地紅宮錦鶯語時囀輕音碧羅冠子
穩犀簪鳳皇雙颭步搖金　肌骨細勻紅玉
軟臉波微送春心嬌羞不肯入鴛衾蘭膏光

裏兩情深

菩薩蠻

越梅半拆輕寒裏冰清澹薄籠藍水暖覺杏
梢紅遊絲狂惹風　閑堦莎徑碧遠夢猶堪
惜離恨又迎春相思難重陳

山花子

鶯錦蟬縠馥麝臍輕裾花早曉烟迷鸂鶒戰
金紅掌墜翠雲低　星靨笑隈霞臉畔蹙金
開襜襯銀泥春思半和芳草嫩碧萋萋
鏤字箋寒調正長水紋簟冷畫屏涼玉腕重金

梔臂澹梳粧　幾度試香纖手暖一迴嘗酒
絳脣光佯弄紅絲蠅拂子打檀郎

河滿子

正是破瓜年幾含情慣得人饒桃李精神鸚
鵡舌可堪虛度良宵却愛藍羅裙子羨他長
束纖腰
寫得魚牋無限其如花鎖春輝目斷巫山雲
雨空教殘夢依依却愛熏香小鴨羨他長在
屏幃

薄命女

天欲曉宮漏穿花聲繚繞牕裏星光少冷霞
寒侵帳額殘月光沉樹杪夢斷錦幃空悄悄
強起愁眉小

望梅花

春草全無消息臘雪猶餘蹤跡越嶺寒枝香
自拆冷艷奇芳堪惜何事壽陽無處覓吹入
誰家橫笛

天仙子

柳色披衫金縷鳳纖手輕撚紅豆弄翠蛾雙
臉正含情桃花洞瑤臺夢一片春愁誰與共

洞口春紅飛蔌蔌仙子含愁眉黛綠阮郎何事不歸來懶燒金爐篆玉流水桃花空斷續

春光好

紗窗暖畫屏閑嚲雲鬟睡起四肢無力半春間玉指剪裁羅勝金盤點綴蘇山窺宋深心無限事小眉彎

蘋葉軟杏花明畫舡輕雙浴鴛鴦出渌汀棹歌聲春水無風無浪春天半雨半晴紅粉相隨南浦晚幾含情

採桑子

蝤蠐領上訶梨子繡帶雙垂椒戶閑時競學樗蒲賭荔枝　叢頭鞋子紅編細裙窣金絲無事嚬眉春思翻教阿母疑

柳枝

軟碧瑤煙似送人映花時把翠蛾嚬青青自是風流主慢颭金絲待洛神

瑟瑟羅裙金縷腰黛眉偎破未重描醉來咬損新花子拽住仙郎盡放嬌

鵲橋初就咽銀河今夜仙郎自姓和不是昔年攀桂樹豈能月裏索姮娥

漁父

白芷汀寒立鷺鷥，蘋風輕剪浪花時，烟冪冪，
日遲遲，香引芙蓉惹釣絲。

虞美人　顧太尉夐

曉鶯啼破相思夢，簾卷金泥鳳。宿粧猶在酒
初醒，翠翹慵整倚雲屏，轉娉婷。　香檀細畫
侵桃臉，羅袂輕輕斂。佳期堪恨再難尋，綠蕪
滿院柳成陰，負春心。

觸簾風送景陽鍾，鴛被繡花重。曉帷初卷冷
煙濃，翠勻粉黛好儀容，思嬌慵。　起來無語

理朝粧寶匣鏡凝光綠荷相倚滿池塘露清
枕簟藕花香恨悠揚
翠屏閑掩垂珠箔絲雨籠池閣露粘紅藕咽
清香謝娘嬌極不成狂罷朝粧　小金鸂鶒
沉煙細膩枕堆雲髻淺眉微斂炷檀香舊懽
時有夢魂驚悔多情
碧梧桐映紗窻晚花謝鶯聲懶小屏屈曲掩
青山翠幃香粉玉爐寒兩蛾攢　顛狂年少
輕離別辜負春時節畫羅紅袂有啼痕魂銷
無語倚閨門欲黃昏

深閨春色勞思想恨共春蕪長黃鸝嬌囀詎
芳妍杏枝如畫倚輕煙鎖窗前　凭欄愁立
雙蛾細柳影斜搖砌玉郎還是不還家教人
魂夢逐楊花繞天涯
少年艷質勝瓊英早晚別三清蓮冠穩篸鈿
篦橫飄飄羅袖碧雲輕畫難成　遲遲少轉
腰身裊翠鬟眉心小醮壇風急杏枝香此時恨
不駕鸞皇訪劉郎

河傳

鷰颺晴景小窗屏暖鴛鴦交頸菱花掩卻翠

鬟歌慵整海棠簾外影　繡幃香斷金鸂鶒
無消息心事空相憶倚東風春正濃愁紅淚
痕衣上重

曲檻春晚碧流紋細綠楊絲軟露花鮮杏枝
繁鶯轉野蕪平似剪　直是人間到天上
堪遊賞醉眼疑屏障對池塘惜韶光斷腸爲
花須盡狂

棹舉舟去波光渺渺不知何處岸花汀草共
依依雨微鷓鴣相逐飛　天涯離恨江聲咽啼
猿切此意向誰說倚蘭橈獨無憀魂銷小爐

香奩集

甘州子

一爐龍麝錦帷傍屏掩映燭熒煌禁樓刁斗
喜初長羅薦繡鴛鴦山枕上私語口脂香
每逢清夜與良晨多悵望足傷神雲迷水隔
意中人寂寞繡羅茵山枕上幾點淚痕新
曾如劉阮訪仙蹤深洞客此時逢綺筵散後
繡衾同款曲見韶容山枕上長是怯晨鐘
露桃花裏小樓深持玉盞聽瑤琴醉歸青瑣
入鴛衾月色照衣襟山枕上翠鈿鎮眉心

紅鐘深夜醉調笙敲拍處玉纖輕小舞衣畫
岸低平煙月滿閑庭山枕上燈背臉波横

玉樓春

月照玉樓春漏促颯颯風揺庭砌竹夢驚鴛
被覺來時何處管絃聲斷續　惆悵少年遊
冶去枕上兩蛾攢細緑曉鶯簾外語花枝背
帳猶殘紅蠟燭

柳映玉樓春日晚雨細風輕煙草軟畫堂鸚
鵡語雕籠金粉小屏猶半掩　香滅繡幃人
寂寂倚檻無言愁思遠恨郎何處縱疏狂長

使含啼眉不展

月皎露華窗影細，風送菊香粘繡袂。博山爐冷水沉微，惆悵金閨終日閉。懶展羅衾垂玉筯，羞對菱花簪寶髻。良宵好事枉教休，無計那他狂耍婿。

拂水雙飛來去鷰，曲檻小屏山六扇。春愁凝思結眉心，綠綺懶調紅錦薦。話別情多聲欲戰，玉筯痕留紅粉面。鎮長獨立到黃昏，却怕良宵頻夢見。

花間集卷第六

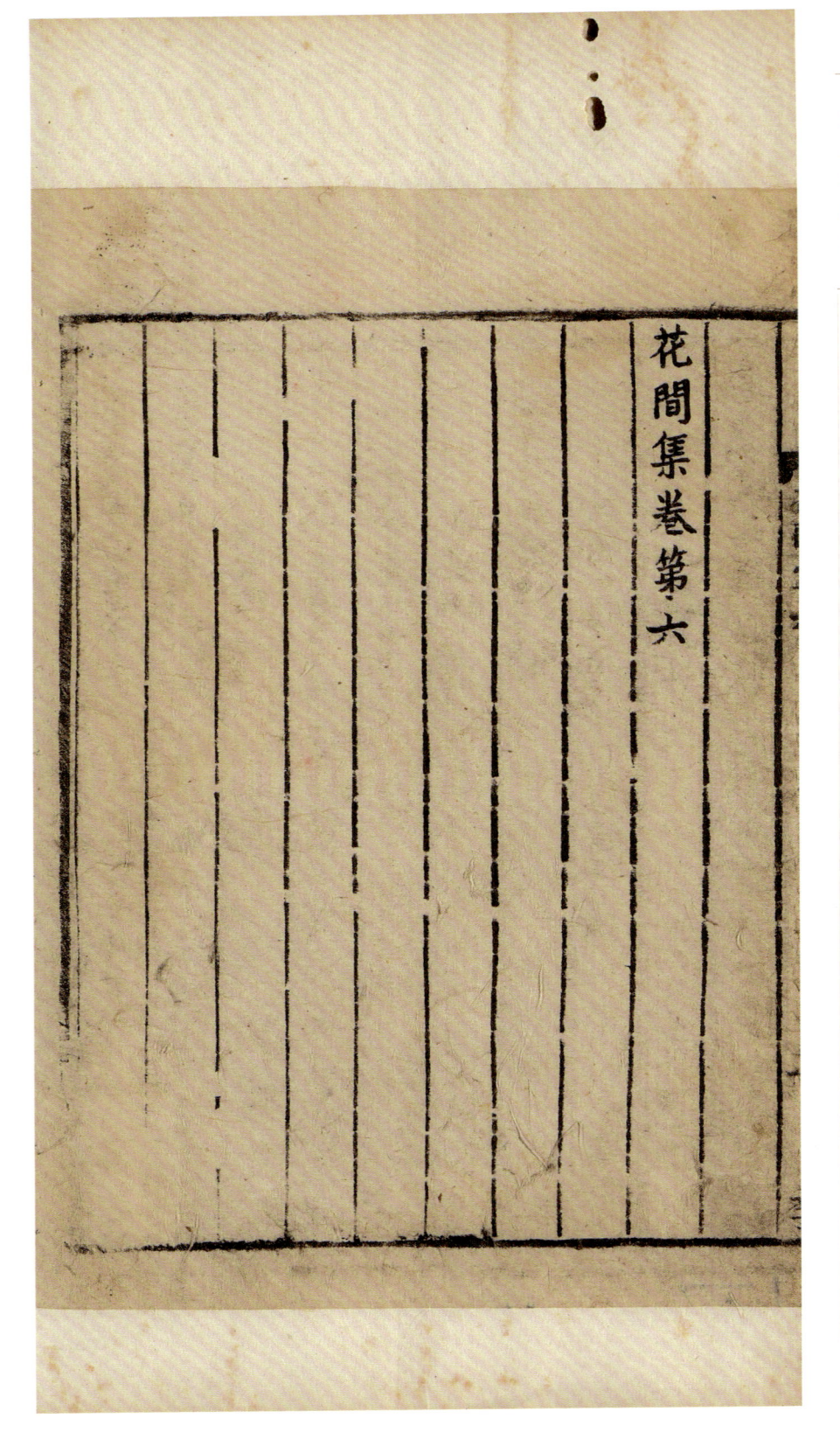

花間集卷第六　五十首

顧太尉敻 三十七首

浣溪沙 八首　酒泉子 七首　楊柳枝 一首

遐方怨 一首　獻衷心 一首　應天長 一首

訴衷情 二首　荷葉盃 九首　漁歌子 一首

臨江仙 三首　醉公子 二首　更漏子 一首

孫少監光憲 十三首

浣溪沙 九首　河傳 四首

浣溪沙　顧太尉敻

春色迷人恨正賒可堪蕩子不還家細風輕

露著梨花　簾外有情雙鸞颺檻前無力綠
楊斜小弄狂夢極天涯
紅藕香寒翠渚平月籠虛閣夜蛩清塞鴻
夢兩牽情　寶帳玉爐殘麝冷羅衣金縷暗
塵生小窗孤燭淚縱橫
荷芰風輕簾幕香繡衣鸂鶒泳迴塘小屏閑
掩舊瀟湘　恨入空幃鸞影獨淚凝雙臉渚
蓮光薄情年少悔思量
惆悵經年別謝娘月窗花院好風光此時相
望最情傷　青鳥不來傳錦字瑤姬何處鎖

蘭房忍教魂夢兩茫茫

庭菊飄黃玉露濃冷莎隈砌隱鳴蛩何期良夜得相逢　背帳風搖紅蠟滴惹香暖夢繡衾重覺來枕上怯晨鐘

雲澹風高葉亂飛小庭寒雨綠苔微深閨人靜掩屏幃　粉黛暗愁金帶枕鴛鴦空繞畫羅衣那堪辜負不思歸

鴈響遥天玉漏清小紗窗外月朧明翠幃金鴨炷香平　何處不歸音信斷良宵空使夢魂驚簟涼枕冷不勝情

露白蟾明，又到秋佳期。幽會兩悠悠，夢牽情
役幾時休。　託得証人微斂，黛無言斜倚小
書樓，暗思前事不勝愁。

酒泉子

楊柳舞風，輕惹春煙殘雨。杏花愁，鶯正語，畫
樓東。　錦屏寂寞思無窮，還是不知消息。鏡
塵生，珠淚滴，損儀容。

羅帶縷金，蘭麝煙凝魂斷。畫屏欹，雲鬢亂，恨
難任。　幾迴垂淚滴鴛衾，薄情何處去。登臨
窻花滿樹，信沉沉。

小檻日斜風度綠窻人悄悄翠幃閑掩舞雙鸞舊香寒　別來情緒轉蕭索顦顇看却老依俙粉上有啼痕暗銷魂

黛薄紅深約掠綠鬟雲膩小鴛鴦金翡翠稱人心　錦鱗無處傳幽意海鷰蘭堂春又去隔年書千點淚恨難任

掩卻菱花收拾翠鈿休上面金虫玉鷰鏁香奩恨猒猒　雲鬟半墜懶重篸淚侵山枕濕銀燈背帳夢方酣鴈飛南

水碧風清入檻細香紅藕膩謝娘斂翠恨無

涯小屏斜 堪憎蕩子不還家謾留羅帶結

帳深枕膩炷沉煙負當年

黛怨紅羞掩映畫堂春欲暮殘花微雨隔青樓思悠悠 芳菲時節看將度寂寞無人還獨語畫羅襦香粉污不勝愁

楊柳枝

秋夜香閨思寂寥漏迢迢鴛幃羅幌麝煙銷燭光搖 正憶玉郎遊蕩去無尋處更聞簾外雨蕭蕭滴芭蕉

遐方怨

藥影細簟。紋平象紗籠玉指。縷金羅扇輕。紅蠟淚。似花明。兩蛾眉黛遠山橫。鳳簫歇。鏡塵生。遼塞音書絕。夢魂長暗驚。玉郎經歲負娉婷。教人爭不恨無情。

獻衷心

繡鴛鴦帳暖。畫孔雀屏欹。人悄悄。月明時。想昔年懽笑。恨今日分離。銀釭背。銅漏永。阻佳期。小爐煙細。虛閣簾垂。幾多心事。暗地思惟。被嬌娥牽役。魂夢如癡。金閨裏。小枕上。始應知。

應天長

瑟瑟羅裙金線縷輕透鵝黃香畫袴垂交帶盤鸚鵡裊裊翠翹移玉步　背人匀檀炷慢轉橫波偷覷斂黛春情暗許倚屏慵不語

訴衷情

香滅簾垂春漏永整鴛衾羅帶重雙鳳縷黃金窻外月光臨沉沉斷腸無處尋負春心永夜抛人何處去絕來音香閣掩眉斂月將沉爭忍不相尋怨孤衾換我心為你心始知相憶深

荷葉盃

春盡小庭花落寂寞凭檻斂雙眉忍教成病
憶佳期知摩知知摩知

歌發誰家筵上寥亮别恨正悠悠蘭釭背帳
月當樓愁摩愁愁摩愁

弱柳好花盡折晴陌陌上少年郎滿身蘭麝
撲人香狂摩狂狂摩狂

記得那時相見膽戰鬢亂四肢柔泥人無語
不擡頭羞摩羞羞摩羞

夜久歌聲怨咽殘月菊冷露微微看看濕透

縷金衣歸麼歸歸麼歸

我憶君詩最苦知否字字盡關心紅牋寫寄表情深吟麼吟吟麼吟

金鴨香濃鴛被枕膩小髻簇花鈿腰如細柳臉如蓮憐麼憐憐麼憐

曲砌蝶飛煙暖春半花發柳垂條花如雙臉柳如腰嬌麼嬌嬌麼嬌

一去又乖期信春盡滿院長莓苔手挼裙帶獨徘徊來麼來來麼來

漁歌子

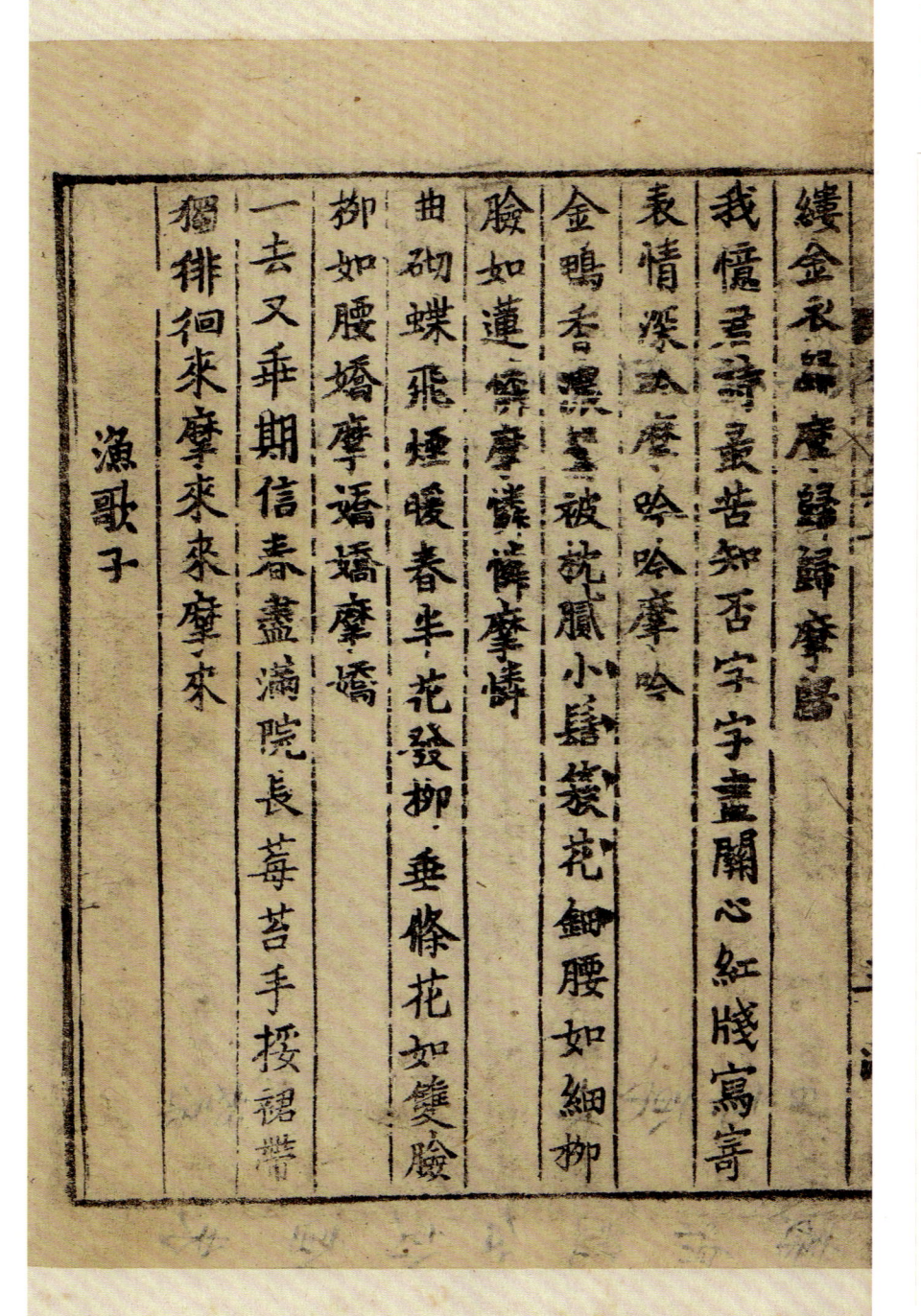

曉風清幽沼緑倚欄凝望珎禽浴畫簾垂翠
屛曲滿袖荷香馥郁　好攄懷堪寓目身閑
心靜平生足酒盃深光影促名利無心較逐

臨江仙

碧染長空池似鏡倚樓閑望凝情滿衣紅藕
細香清象床珎簟山障掩玉琴橫　暗想昔
時歡笑事如今贏得愁生博山鑪暖澹煙輕
蟬吟人靜殘日傍小窻明
幽閨小檻春光晚柳濃花澹鶯稀舊歡思想
尚依依翠嚬紅歛終日損芳菲　何事狂夫

音信斷不如梁鷰猶歸畫堂深處麝煙微屏
虗枕冷風細雨霏霏
月色穿簾風入竹倚屏雙黛愁時砌花含露
兩三枝如啼恨臉魂斷損容儀　香燼暗銷
金鴨冷可堪辜負前期繡襦不整鬢鬟欹幾
多惆悵情緒在天涯

醉公子

漠漠秋雲澹紅藕香侵檻枕倚小山屏金鋪向
晚扃　睡起横波慢獨望情何限衰柳數聲
蟬魂銷似去年

岸柳垂金線雨晴鶯百囀家住綠楊邊往來多少年　馬嘶芳草遠高樓簾半捲斂袖翠蛾攢相逢尔許難

更漏子

舊歡娛新悵望擁鼻含嚬樓上濃柳翠晚霞微江鷗接翼飛　簾半捲屏斜掩遠岫參差迷眼歌滿耳酒盈罇前非不要論

浣溪沙　孫少監光憲

蓼岸風多橘柚香江邊一望楚天長片帆煙際閃孤光　目送征鴻飛杳杳思隨流水去

茫茫蘭紅波碧憶瀟湘

桃杏風香簾幕閑謝家門戶約花關畫梁幽語鷰初還　繡閣數行題了壁曉屏一枕酒醒山卻疑身是夢魂間

花漸凋疎不耐風畫簾垂地晚堂空墮堦縈蘚舞愁紅　膩粉半粘金靨子殘香猶暖繡熏籠蕙心無處與人同

攬鏡無言淚欲流凝情半日懶梳頭一庭疎雨濕春愁　楊柳秖知傷怨別杏花應信損嬌羞淚沾魂斷軫離憂

半踏長裾宛約行，晚簾疎處見分明。此時堪恨昧平生。　早是銷瑰殘燭影，更愁聞着品絃聲。杳無消息若爲情。

蘭沐初休曲檻前，暖風遲日洗頭天。濕雲新斂未梳蟬。　翠袂半將遮粉臆，寶釵長欲墜香肩。此時模樣不禁憐。

風遞殘香出繡簾，團窠金鳳舞襜襜。落花微雨恨相兼。　何處去來狂太甚，空推宿酒睡無猒。爭教人不別猜嫌。

輕打銀箏墜燕泥，斷絲高罥畫樓西。花冠閒

上午牆喈 粉籜半開新竹逕紅苞盡落舊
桃蹊不堪終日閉深閨
烏帽斜欹倒佩魚靜街偷步訪仙居隔牆應
認打門初 將見客時微掩斂得人憐處且
生疎低頭羞問壁邊書

河傳

太平天子等閑遊戲疏河千里柳如絲隈倚
淥波春水長淮風不起 如花殿脚三千女
爭雲雨何處留人住錦帆風煙際紅燒空魂
迷大業中

柳拖金縷着煙籠霧濛濛落絮鳳皇舟上楚女妙舞雷喧波上鼓　龍爭虎戰分中土人無主挑葉江南渡襞花牋艷思牽成篇宮娥相與傳

花落煙薄謝家池閣寂寞春深翠蛾輕斂意沉吟沾襟無人知此心　玉鑪香斷霜灰冷簾鋪影梁鷰歸紅杏晚來天空悄然孤眠枕檀雲髻偏

風颭波斂團荷閃閃珠傾露點木蘭舟上何處吳娃越艷藕花紅照臉　大堤狂殺襄陽

客堙波隔渺渺湖光白身已歸心不歸斜[illegible]

遠汀鸂鶒飛

花間集卷第七

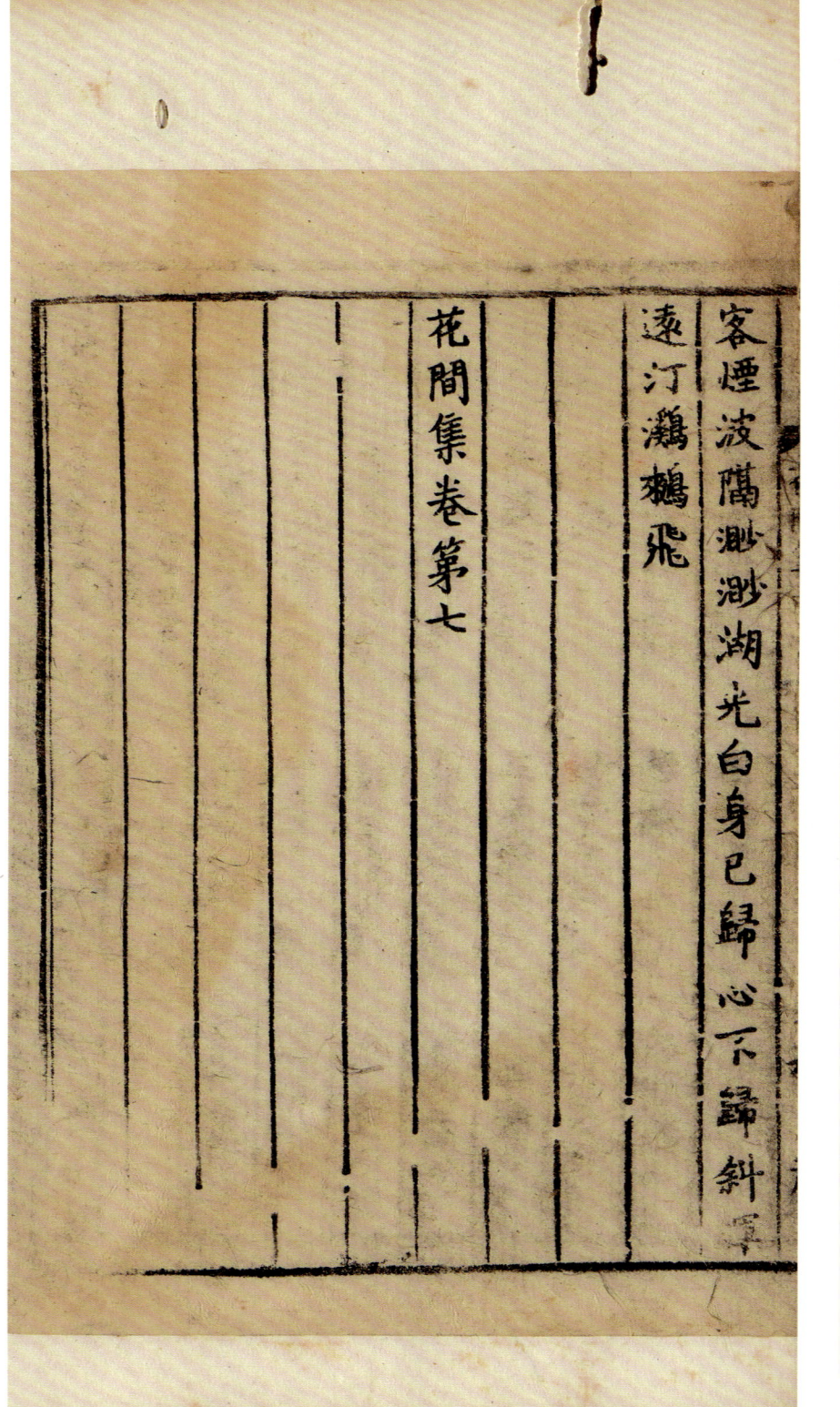

花間集卷第八　四十九首

孫少監光憲　四十七首

菩薩蠻　五首　河瀆神　二首　虞美人　二首
後庭花　二首　生查子　三首　臨江仙　二首
酒泉子　三首　清平樂　二首　更漏子　二首
女冠子　二首　風流子　三首　定西番　二首
河滿子　一首　王胡蝶　一首　八拍蠻　一首
竹枝　一首　思帝鄉　一首　上行盃　二首
謁金門　一首　思越人　二首　楊柳枝　四首
望梅花　一首　漁歌子　二首

魏太尉承班

菩薩蠻二首

菩薩蠻二首

孫少監光憲

月華如水籠香砌金鐶碎撼門初閉寒影墮

高簷鈎垂一面簾　碧煙輕裊裊紅戰燈花

笑即此是高唐掩屏秋夢長

花冠頻皷墻頭翼東方澹白連窻色門外早

鶯聲背樓殘月明　薄寒籠醉態依舊鉛華

在握手送人歸半拖金縷衣

小庭花落無人掃踈香滿地東風老春晚信

沉沉天涯何處尋　曉堂屏六扇眉共湘山
遠爭那別離心近來尤不禁
青巖碧洞經朝雨隔花相喚南溪去一隻木
蘭船波平遠浸天　扣舷驚翡翠嫩玉擡香
臂紅日欲沉西煙中遥解觽
木綿花映叢祠小越禽聲裏春光曉銅鼓與
蠻歌南人祈賽多　客帆風正急茜袖隈墻
立極浦幾迴頭煙波無限愁
河瀆神
汾水碧依依黄雲落葉初飛翠娥一去不言

歸廟門空掩金鋪　四壁陰森排古畫依舊
瓊輪羽駕小殿沉沉清夜銀燈飄落香灺
江上草芊芊春晚湘妃廟前一方柳色楚南
天數行斜雁聯翩　獨倚朱欄情不極魂斷
終朝相憶兩槳不知消息遠汀時起鸂鶒

虞美人

紅窗寂寂無人語暗澹梨花雨繡羅紋地粉
新描博山香炷旋抽條睡魂銷　天涯一去
無消息終日長相憶交人相憶幾時休不堪
悵觸別離愁淚還流

好風微揭簾旌起金翼鸞相倚翠簷愁聽乳禽聲此時春態暗關情獨難平　畫堂流水空相翳一穗香摇曳交人無處寄相思落花芳草過前期沒人知

後庭花

景陽鍾動宮鶯囀露凉金殿輕飈吹起瓊花綻玉葉如剪　晚來高閣上珠簾卷見墜香千片脩蛾慢臉陪雕輦後庭新宴

石城依舊空江國故宮春色七尺青絲芳草綠絶世難得　玉英凋落盡更何人識野棠

如織只是教人添怨憶悵望無極

生查子

寂寞掩朱門正是天將暮暗澹小庭中滴滴
梧桐雨　繡工夫牽心緒配盡鴛鴦縷待得
沒人時隈倚論私語

暖日策花驄嚲鞚垂楊陌芳草惹煙青落絮
隨風白　誰家繡轂動香塵隱映神仙客狂
殺玉鞭郎咫尺音容隔

金井墮高梧玉殿籠斜月永巷寂無人斂態
愁堪絶　玉爐寒香燼滅還似君恩歇翠輦

不歸來幽恨將誰說

臨江仙

霜拂平梧乾葉墮翠幃雕檻初寒薄鈆殘黛
稱花冠含情無語延佇倚欄干　杳杳征輪
何處去離愁別恨千般不堪心緒正多端鏡奩
長掩無意對孤鸞

暮雨淒淒深院閉燈前凝坐初更玉釵低壓
鬢雲橫半垂羅幕相映燭光明　終是有心
投漢珮低頭但理秦箏·鷰雙鸞耦不勝情只愁
明發將逐楚雲行

酒泉子

空磧無邊萬里陽關道路馬蕭蕭人去去隴
雲愁 香貂舊製戎衣窄胡霜千里白綺羅
心魂夢隴上高樓
曲檻小樓正是鶯花二月思無憀愁欲絕鬱
離襟 展屏空對瀟湘水眼前千萬里淚掩
紅眉斂翠恨沉沉
斂態窗前裊裊雀釵拋頸鷰成雙鸞對影耦
新知 玉纖澹拂眉山小鏡中嗔共照翠連
娟紅縹緲早粧時

清平樂

愁腸欲斷正是青春半連理分枝鸞失伴又是一場離散　掩鏡無語眉低思隨芳草凄凄憑使東風吹夢與郎終日東西

等閑無語春恨如何去終是疎狂留不住花暗柳濃何處　盡日目斷魂飛晚窗斜界殘暉長恨朱門薄暮繡鞍驄馬空歸

更漏子

聽寒更聞遠鴈半夜蕭娘深院扃繡户下珠簾滿庭噴玉蟾　人語靜香閨冷紅幕半垂

清影雲雨態蕙蘭心此情江海深
今夜期來日別相對秪堪愁絶偎粉面撚瑶
簪無言淚滿襟　銀箭落霜華薄墻外曉雞
咿喔聽付囑惡情悰斷腸西復東

女冠子

蕙風芝露壇際殘香輕度蘂珠宮苔點分圓
碧桃花踐破紅　品流巫峽外名籍紫微中
眞侶墉城會夢魂通
澹花瘦玉依約神仙粧束佩瓊文瑞露通宵
貯幽香盡日焚　碧煙籠絳節黃藕冠濃雲

勿以吹簫伴不同群

風流子

茅舍槿籬溪曲雞犬自南自北菰葉長水葓開門外春波漲渌聽織聲促軋軋鳴梭穿屋

樓倚長衢欲暮瞥見神仙伴侶微傳粉攏梳頭隱映畫簾開處無語無緒慢曳羅裙歸去

金絡玉銜嘶馬繫向緑楊陰下朱戸掩繡簾垂曲院水流花謝歡罷歸也猶在九衢深夜

定西番

雞禄山前遊騎邊草白朔天明馬蹄輕鵲面

弓離短䪨彎來月欲成一隻鳴髇雲外曉鴻驚

帘子枕前秋夜霜幄冷月華明正三更　何處

戍樓寒笛夢殘聞一聲遥想漢關萬里淚縱橫

河滿子

冠劒不隨君去江河還共恩深歌袖半遮眉黛

慘淚珠旋滴衣襟惆悵雲愁雨怨斷䰟何處

相尋

玉胡蝶

春欲盡景仍長滿園花正黃粉翅兩悠颺翩翩

過短墻　鮮飈暖牽遊伴飛去立殘芳無語

對蕭娘舞衫沉麝香

八拍蠻

孔雀尾拖金線長怕人飛起入丁香越女沙頭爭拾翠相呼歸去背斜陽

竹枝

門前春水竹枝白蘋花女兒岸上無人竹枝小艇斜女兒商女經過竹枝江欲暮女兒散抛殘食竹枝飼神鴉女兒

亂繩千結竹枝絆人深女兒越羅萬丈竹枝表長尋女兒楊柳在身竹枝垂意緒女兒藕花落盡竹枝見蓮心女兒

思帝鄉

如何遣情情更多永日水堂簾下斂羞蛾六幅
羅裙窣地微行曳碧波看盡滿池疎雨打團荷

上行盃

草草離亭鞍馬從遠道此地分襟燕宋秦吳
千萬里　無辭一醉野棠開江草濕佇立沾
泣征騎駸駸

離棹逡巡欲動臨極浦故人相送去住心情
知不共　金舡滿捧綺羅愁絲管咽迴別帆
影滅江浪如雪

謁金門

留不得留得也應無益白紵春衫如雪色揚州初去日　輕别離甘抛擲江上滿帆風疾却羨彩鴛三十六孤鸞還一隻

思越人

古臺平芳草遠館娃宮外春深翠黛空留千載恨教人何處相尋　綺羅無復當時事露花點滴香淚惆悵遥天横淥水鴛鴦對對飛起

渚蓮枯宫樹老長洲廢苑蕭條想像玉人空處所月明獨上溪橋　經春初敗秋風起紅

蘭綠蕙愁死一片風流傷心地魂銷目斷西子

楊柳枝

閶門風暖落花乾飛遍江城雪不寒獨有晚來臨水驛閑人多凭赤欄干

有池有榭即濛濛浸潤飜成長養功恰似有人長點檢着行排立向春風

根柢雖然傍濁河無妨終日近笙歌驂驂金帶誰堪比還共黃鶯不校多

萬株枯槁怨亡隋似弔吳臺各自垂好是淮

陰明月裏酒樓横笛不勝吹

望梅花

數枝開與短墻平見雪萼紅跗相映引起誰人邊塞情　簾外欲三更吹斷離愁月正明空聽隔江聲

漁歌子

草芊芊波漾漾湖邊草色連波漲沿蓼岸泊楓汀天際玉輪初上　扣舷歌聯極望槳聲伊軋知何向黃鵠叫白鷗眠誰似儂家疏曠

泛流螢明又滅夜涼水冷東灣闊風浩浩笛

寥寥萬頃金波澄澈　杜若洲香郁烈　一聲宿
鴈霜時節　經霅水過松江盡屬儂家日月

菩薩蠻　魏太尉　承班

羅裾薄薄秋波染眉間畫時山兩點相見綺筵
時深情暗共知　翠翹雲鬢動斂態彈金鳳
宴罷入蘭房邀人解珮璫
羅衣隱約金泥畫玳筵一曲當秋夜聲顫覷人
嬌雲鬟裊翠翹　酒醺紅玉軟眉翠秋山遠繡
幌麝煙沉誰人知兩心

花間集卷第八

花間集卷第九　四十九首

魏太尉承斑　十三首

滿宫花　一首　木蘭花　一首　玉樓春　二首

訴衷情　五首　生查子　二首　黄鍾樂　一首

漁歌子　一首

鹿太保虔扆　六首

臨江仙　二首　女冠子　二首　思越人　一首

虞美人　一首

閻處士選　八首

虞美人　二首　臨江仙　二首　浣溪沙　一首

滿宫花　　魏太尉承班

雪霏霏風凜凜玉郎何處狂飲醉時想得縱

風流羅帳香幃鴛寢　春朝秋夜思君甚

見繡屏孤枕少年何事負初心淚滴縷金雙
袵

木蘭花

小芙蓉香旖旎碧玉堂深清似水閉寶匣掩
金鋪倚屏拖袖愁如醉　遲遲好景煙花媚
曲渚鴛鴦眠錦翅凝然愁望靜相思一雙笑
靨嚬香蘂

玉樓春

寂寂畫堂梁上鷰高卷翠簾橫數扇一庭春
色惱人來滿地落花紅幾片　愁倚錦屏低

雪面淚濕繡羅金縷線好天涼月盡傷心爲是玉郎長不見

輕斂翠蛾呈皓齒鶯囀一枝花影裏聲聲清迥遏行雲寂寂畫梁塵暗起　玉斝滿斟情未已促坐王孫公子醉春風筵上貫珠勻艷色韶顔嬌旖旎

訴衷情

宴罷月初盈詩情引恨情煙露冷水流輕思想夢難成　羅帳裊香平恨頻生思君無計睡還醒隔層城

春深花簇小樓臺風飄錦繡開新睡覺步香
堦山枕印紅腮 鬢亂墜金釵語檀偎臨行
執手重重囑幾千迴

銀漢雲晴玉漏長蛩聲悄畫堂筠簟冷碧窻
涼紅蠟淚飄香 皓月瀉寒光割人腸那堪
獨自步池塘對鴛鴦

金風輕透碧窻紗銀釭焰影斜欹枕卧恨何
賒山掩小屏霞 雲雨別吳娃想容華夢成
幾度遶天涯到君家

春情滿眼臉紅銷嬌妬索人饒星靨小玉璫

搖幾共醉春朝　別後憶纖腰夢魂勞如今
風葉又蕭蕭恨迢迢

生查子

煙雨晚晴天零落花無語難話此時心梁燕
雙來去　琴韻對薰風有恨和情撫腸斷斷
絃頻淚滴黃金縷

寂寞畫堂空深夜垂羅幕燈暗錦屏欹月冷
珠簾薄　愁恨夢應成何處貪歡樂看看又
春來還是長蕭索

黃鍾樂

池塘煙暖草萋萋惆悵闌宵含恨愁坐思堪迷遥想玉人情事遠音容渾似隔桃溪　偏記同歡秋月低簾外論心花畔和醉暗相攜何事春來君不見夢魂長在錦江西

漁歌子

柳如眉雲似髮蛟綃霧縠籠香雪夢魂驚鍾漏歇窻外曉鶯殘月　幾多情無處說落花飛絮清明節少年郎容易別一去音書斷絶

臨江仙　鹿太保　虔扆

金鏁重門荒苑靜綺窻愁對秋空翠華一去

寂無蹤玉樓歌吹聲斷已隨風 煙月不知
人事改夜闌還照深宮藕花相向野塘中暗
傷亡國清露泣香紅
無賴曉鶯驚夢斷起來殘酒初醒映窻絲柳
裊煙青翠簾幰卷約砌杏花零 一自玉郎
遊冶去蓮凋月慘儀形暮天微雨灑閑庭手
挼裙帶無語倚雲屏

女冠子

鳳樓琪樹惆悵劉郎一去正春深洞裏愁空
結人間信莫尋 竹疎齋殿迥松密醮

倚雲低首望可知心
步虛壇上絳節霓旌相向引眞仙玉珮搖蟾
影金爐裊麝煙　露濃霜簡濕風緊羽衣偏
欲留難得住却歸天

思越人

翠屏欹銀燭背漏殘清夜迢迢雙帶繡窠盤
錦薦淚侵花暗香銷　珊瑚枕膩鴉鬟亂玉
纖慵整雲散若是適來新夢見離腸爭不千
斷

虞美人

卷荷香澹浮煙渚綠嫩擎新雨瑣窻疎透曉
風清象床珍簟冷光輕水紋平 九疑黛色
屏斜掩枕上眉心斂不堪相望病將成鈿昏
檀粉淚縱橫不勝情

虞美人　　閻處士選

粉融紅膩蓮房綻臉動雙波慢小魚銜玉鬢
釵橫石榴裙染象紗輕轉娉婷 偷期錦浪
荷深處一夢雲兼雨臂留檀印齒痕香深秋
不寐漏初長盡思量
楚腰蠐領團香玉鬢疊深深綠月蛾星眼笑

斂顰柳夭桃艷不勝春晚粧匀　水紋簟映
青紗帳霧罩秋波上一枝嬌卧醉芙蓉良宵
不得與君同恨忡忡

臨江仙

雨停荷芰逗濃香岸邊蟬噪垂楊物華空有
舊池塘不逢仙子何處夢襄王　珍簟對欹
鴛枕冷此來塵暗淒涼欲憑危檻恨偏長藕
花珠綴猶似汗凝粧

十二高峯天外寒竹梢輕拂仙壇寶衣行雨
在雲端畫簾深殿香霧冷風殘　欲問楚王

何處去翠屏猶掩金鸞猿啼明月照空灘孤
舟行客驚夢亦艱難

浣溪沙

寂寞流蘇冷繡茵倚屏山枕惹香塵小庭花
露泣濃春　劉阮信非仙洞客嫦娥終是月
中人此生無路訪東鄰

八拍蠻

雲鎖嫩黄煙柳細風吹紅蔕雪梅殘光影不
勝閨閣恨行行坐坐黛眉攢
愁鎖黛眉煙易慘淚飄紅臉粉難勻憔悴不

知緣底事遇人推道不宜春

河傳

秋雨秋雨無晝無夜滴滴霏霏暗燈涼簟怨分離妖姬不勝悲　西風稍急喧窗竹停又續膩臉懸雙玉幾迴邀約鴈來時違期鴈歸人不歸

臨江仙　尹參卿鶚

一番荷芰生池沼檻前風送馨香昔年於此伴蕭娘相偎佇立牽惹叙衷腸　時逞笑容無限態還如菡萏爭芳別來虛遣思悠颺

夢往事金鑠小蘭房

深秋寒夜銀河靜月明深夜中庭西窻幽夢等閑成遂迴覺後特地恨難平 紅燭半條殘焰短依偎暗背銀屏枕前何事最傷情梧桐葉上點點露珠零

滿宮花

月沉沉人悄悄一炷後庭香裊風流帝子不歸來滿地禁花慵掃 離恨多相見少何處醉迷三島漏清宮樹子規啼愁鎖碧窻春曉

杏園芳

嚴粧嫩臉花明交人見了關情含羞舉步越羅輕稱娉婷　終朝咫尺窺香閣迢遞似隔層城何時休遣夢相縈入雲屏

醉公子

暮煙籠蘚砌戟門猶未閉盡日醉尋春歸來月滿身　離鞍偎繡袂墜巾花亂綴何處惱佳人檀痕衣上新

菩薩蠻

隴雲暗合秋天白俯窗獨坐窺煙陌樓際角重吹黃昏方醉歸　荒唐難共語明日還應

去上馬出門時金鞭莫與伊

浣沙溪　　毛秘書熙震

春暮黄鶯下砌前水精簾影露珠懸綺霞低映晚晴天　弱柳萬條垂翠帶殘紅滿地碎香鈿蕙風飄蕩散輕煙

花榭香紅煙景迷滿庭芳草緑萋萋金鋪閑掩繡簾低　紫鷰一雙嬌語碎翠屏十二晚峯齊夢魂銷散醉空閨

晩起紅房醉欲銷緑鬟雲散褭金翹雪香花語不勝嬌　好是向人柔弱處玉纖時急繡

裙腰春心牽惹轉無憀

一隻横釵墜髻叢靜眠珍簟起來慵繡羅紅嫩抹蘇胸　羞斂細蛾魂暗斷因迷無語思猶濃小髩香靄碧山重

雲薄羅裙綬帶長滿身新裛瑞龍香翠鈿斜映艷梅妝　佯不覷人空婉約笑和嬌語太猖狂忍教牽恨暗形相

碧玉冠輕裊鷰釵捧心無語步香堦緩移弓底繡羅鞋　暗想歡娛何計好豈堪期約有時乖日高深院正忘懷

半醉凝情卧繡茵睡容無力卸羅裙玉籠鸚
鵡猒聽聞　慵整落釵金翡翠象梳欹鬢月
生雲錦屏綃幌麝煙薰

臨江仙

南齊天子寵嬋娟六宮羅綺三千潘妃嬌艷
獨芳妍椒房蘭洞雲雨降神仙　縱態迷歡
心不足風流可惜當年纖腰婉約步金蓮妖
君傾國猶自至今傳

幽閨欲曙聞鶯囀紅窻月影微明好風頻謝
落花聲隔幃殘燭猶照綺屏箏　繡被錦茵

眠玉暖爐香斜裊煙輕澹蛾羞斂不勝情暗
思閑夢何處逐雲行

更漏子

秋色清河影澹深戶燭寒光暗綃幌碧錦衾
紅博山香炷融　更漏咽蛩鳴切滿院霜華
如雪新月上薄雲收映簾懸玉鉤
煙月寒秋夜靜漏轉金壺初永羅幕下繡屏
空燈花結碎紅　人悄悄愁無了思夢不成
難曉長憶得與郎期竊香私語時

女冠子

碧桃紅杏遲日媚籠光影綵霞深香暖薰鶯
語風清引鸞音　翠鬟冠玉葉霓袖捧瑶琴
應共吹簫侶暗相尋

脩蛾慢臉不語檀心一點小山粧蟬鬢低含
綠羅衣澹拂黃　悶來深院裏閒步落花傍
纖手輕輕整玉鑪香

清平樂

春光欲暮寂寞閒庭户粉蝶雙雙穿檻舞簾
卷晚天踈雨　含愁獨倚閨幃玉鑪煙斷香
微正是銷魂時節東風滿樹花飛

南歌子

遠山愁黛碧，橫波慢臉明，膩香紅玉茜羅輕。深院晚堂人靜，理銀箏。　鬢動行雲影，裙遮點屐聲，嬌羞愛問曲中名，楊柳杏花時節，幾多情。

惹恨還添恨，牽腸即斷腸，凝情不語一枝芳，獨映畫簾閑立，繡衣香。　暗想為雲女，應憐傅粉郎，晚來輕步出閨房，髻慢釵橫無力，縱猖狂。

花間集卷第九

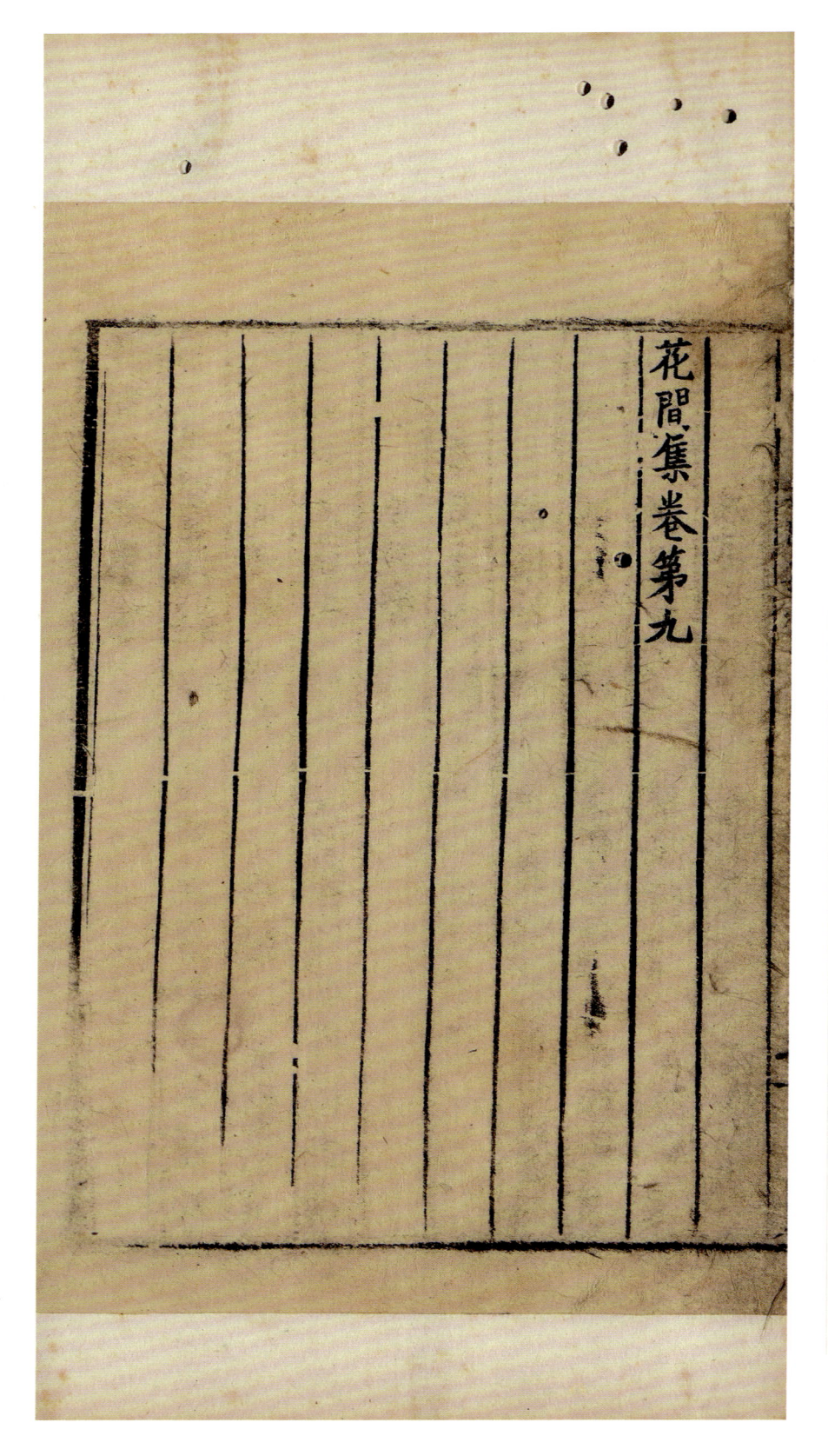

花間集卷第十　五十首

毛祕書熙震 十三首

河滿子 二首　小重山 一首　定西番 一首

木蘭花 一首　後庭花 三首　酒泉子 二首

菩薩蠻 三首

李秀才珣 三十七首

浣溪沙 四首　漁歌子 四首　巫山一段雲 二首

臨江仙 二首　南鄉子 十首　女冠子 二首

酒泉子 四首　望遠行 二首　菩薩蠻 三首

西溪子 一首　虞美人 一首　河傳 二首

河滿子　毛祕書熙震

寂寞芳菲暗度，歲華如箭堪驚。緬想舊歡多少事，轉添春思難平。曲檻絲垂金柳，小窻絃斷銀箏。　深院空聞鷰語，滿園閑落花輕。一片相思休不得，忍教長日愁生。誰見夕陽孤夢，覺來無限傷情。

無語殘粧澹薄，含羞嚲袂輕盈。幾度香閨眠曉，綺窻疎日微明。雲母帳中偷惜，水精枕上初驚。　笑靨嫩疑花坼，愁眉翠斂山横。相望只教添悵恨，整鬟時見纖瓊。獨倚朱扉閑立，

情知別有深情

小重山

梁燕雙飛畫閣前寂寥多少恨懶孤眠曉來
閑處想君憐紅羅帳金鴨冷沉煙　誰信損
嬋娟倚屏啼玉箸濕香鈿四支無力上鞦韆
群花謝愁對艷陽天

定西番

蒼翠濃陰滿院鶯對語蝶交飛戲薔薇　斜
日倚欄風好餘香出繡衣未得玉郎消息幾
時歸

木蘭花

掩朱扉鈎翠箔滿院鶯聲春寂寞匀粉淚恨檀郎一去不歸花又落　對斜暉臨小閣前事豈堪重想着金帶冷畫屏幽寶帳慵薰蘭麝薄

後庭花

鶯啼鷰語芳菲節瑞庭花發昔時懽宴歌聲揭管絃清越　自從陵谷追遊歇畫梁塵黦傷心一片如珪月閑鎖宮闕

輕盈舞妓含芳艷競粧新臉步摇珠翠脩蛾

斂膩鬟雲染　歌聲慢發開檀點繡衫斜掩
時將纖手勻紅臉笑拈金靨
越羅小袖新香蒨薄籠金釧倚欄無語搖輕
扇半遮勻面　春殘日暖鶯嬌懶滿庭花片
爭不教人長相見畫堂深院

酒泉子

閑卧繡幃慵想萬般情寵錦檀偏翹股重翠
雲欹　暮天屏上春山碧映香煙霧隔蕙蘭
心魂夢役斂蛾眉
鈿匣舞鸞隱映艷紅脩碧月梳斜雲鬢膩粉

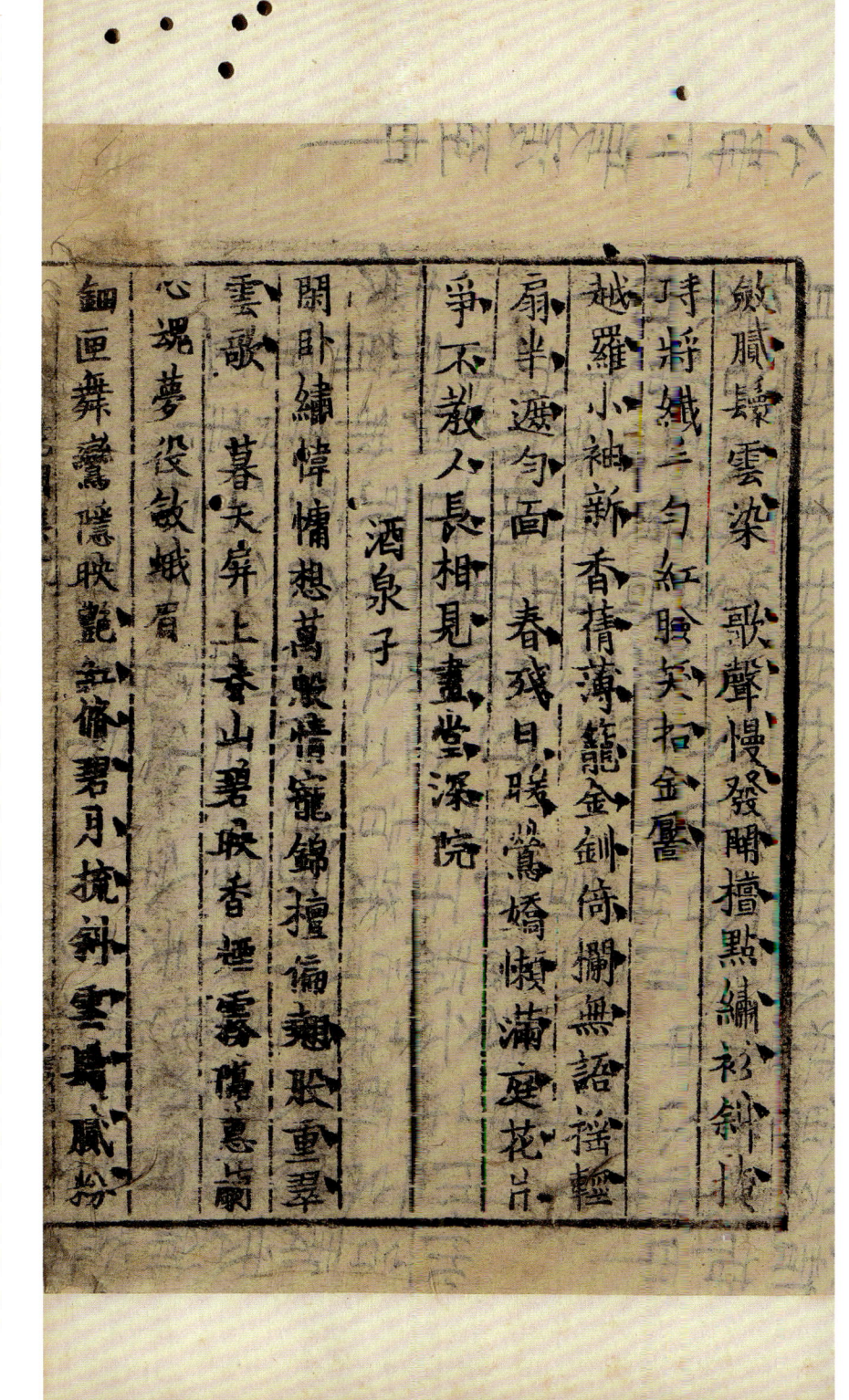

香寒 曉花微斂輕呵展裊釵金鷰軟日初
昇簾半捲對殘粧

菩薩蠻

梨花滿院飄香雪高樓夜靜風箏咽斜月照
簾帷憶君和夢稀 小窻燈影背鷰語驚愁
態屏掩斷香飛行雲山外歸
繡簾高軸臨塘看雨翻荷芰真珠散殘暑晚
初涼輕風渡水香 無憀悲往事爭那牽情
思光影暗相催等閑秋又來
天含殘碧融春色五陵薄倖無消息盡日掩

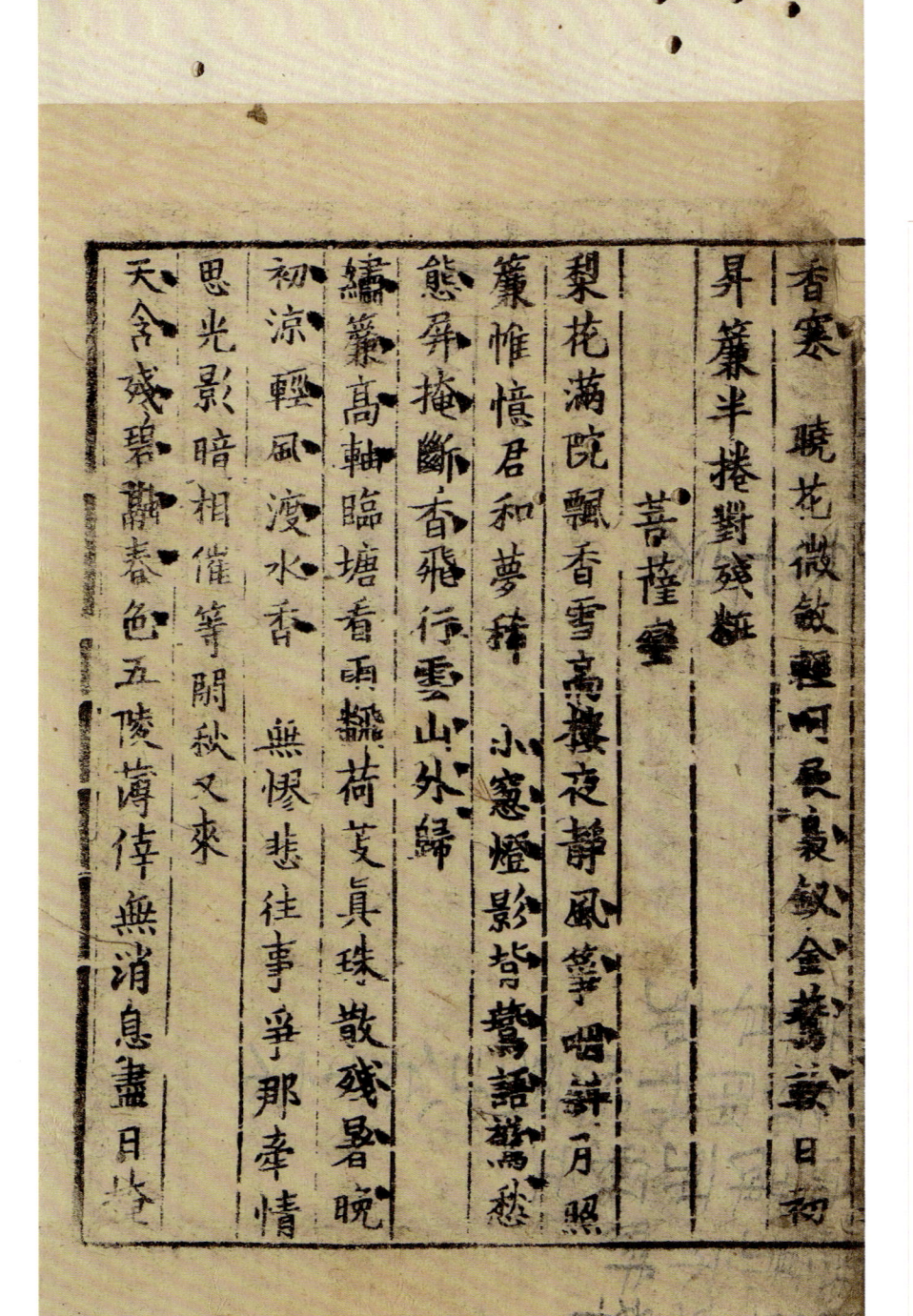

朱門離愁暗斷䰟　鶯啼芳樹暖鸞拂迴塘
滿寂寞對屏山相思醮夢間

浣沙溪　李秀才　珣

入夏偏宜澹薄粧　越羅衣褪鬱金黄　翠鈿檀
注助容光　相見無言還有恨　幾迴判去又
思量　月窻香逕夢悠颺

晚出閑庭看海棠　風流學得內家粧　小釵橫
戴一枝芳　鏤玉梳斜雲鬢膩　縷金衣透雪
肌香　暗思何事立殘陽

訪舊傷離欲斷䰟　無因重見玉樓人　六街微

鏤香塵　早爲不逢巫峽夢那堪虛度錦
江春遇花傾酒莫辭頻
紅藕花香到檻頻可堪閑憶似花人舊歡如
夢絶音塵　翠疊畫屏山隱隱冷鋪紋簟水
潾潾斷魂何處一蟬新

漁歌子三

楚山青湘水淥春風澹蕩看不足草芊芊花
簇簇漁艇棹歌相續　信浮沉無管束釣廻乘
月歸灣曲酒盈罇雲滿屋不見人間榮辱
荻花秋瀟湘夜橘洲佳景如屏畫碧煙中明

月下小艇垂綸初罷　水爲鄉蓬作舍魚羹稻飯常飡也酒盈樽書滿架名利不將心挂

柳垂絲花滿樹鶯啼楚岸春天暮棹輕舟出深浦緩唱漁歌歸去　罷垂綸還酌醑孤村遥指雲遮處下長汀臨淺渡驚起一行沙鷺

九疑山三湘水蘆花時節秋風起水雲間山月裏棹月穿雲遊戲　鼓清琴傾淥蟻扁舟自得逍遥志任東西無定止不議人間醒醉

巫山一段雲

客經巫峽停橈向水湄楚王曾此夢瑶姬

杳無期　塵暗珠簾卷香銷翠幄垂西風迴首不勝悲暮雨灑空祠

古廟依青嶂行宮枕碧流水聲山色鎖粧樓往事思悠悠　雲雨朝還暮煙花春復秋啼猿何必近孤舟行客自多愁

臨江仙

簾捲池心小閣虛暫涼閑步徐徐芰荷經雨半凋疎拂堤垂柳蟬噪夕陽餘　不語低鬟幽思遠玉釵斜墜雙魚幾迴偷看寄來書離情別恨相隔欲何如

鴛鴦簾前暖日紅玉鑪殘麝猶濃起來閨思
尚疎慵別愁春夢誰解此情悰　強整嬌姿
臨寶鏡小池一朵芙蓉舊歡無處再尋蹤更
堪迴顧屏畫九疑峯

南鄉子

煙漠漠雨淒淒岸花零落鷓鴣啼遠客扁舟
臨野渡思鄉處潮退水平春色暮

蘭棹舉水紋開競攜藤籠採蓮來迴塘深處
遥相見邀同宴淥酒一巵紅上面

近扣舷歌採真珠處水風多曲岸小橋

煙深鎖荳蔲花垂千萬朵

乘綵舫過蓮塘棹歌驚起睡鴛鴦帶香遊女
偎伴笑爭窈窕競折團荷遮晚照

傾淥蟻泛紅螺閑邀女伴簇笙歌避暑信舡
輕浪裏遊戲夾岸荔枝紅蘸水

雲帶雨浪迎風釣翁迴棹碧灣中春酒香熟
鱸魚美誰同醉纜卻扁舟蓬底睡

沙月靜水煙輕芰荷香裏夜舡行綠鬟紅臉
誰家女遙相顧緩唱棹歌極浦去

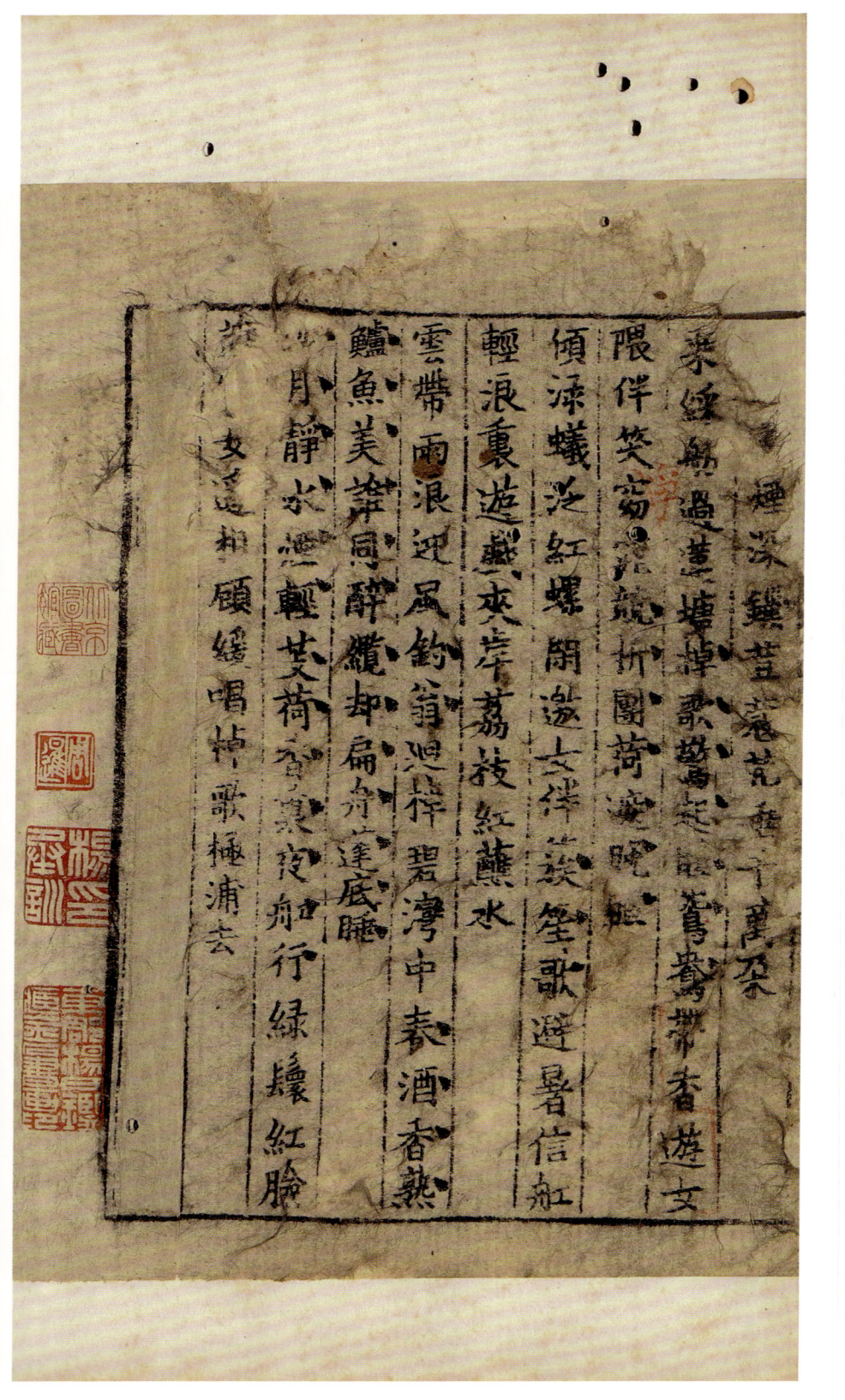

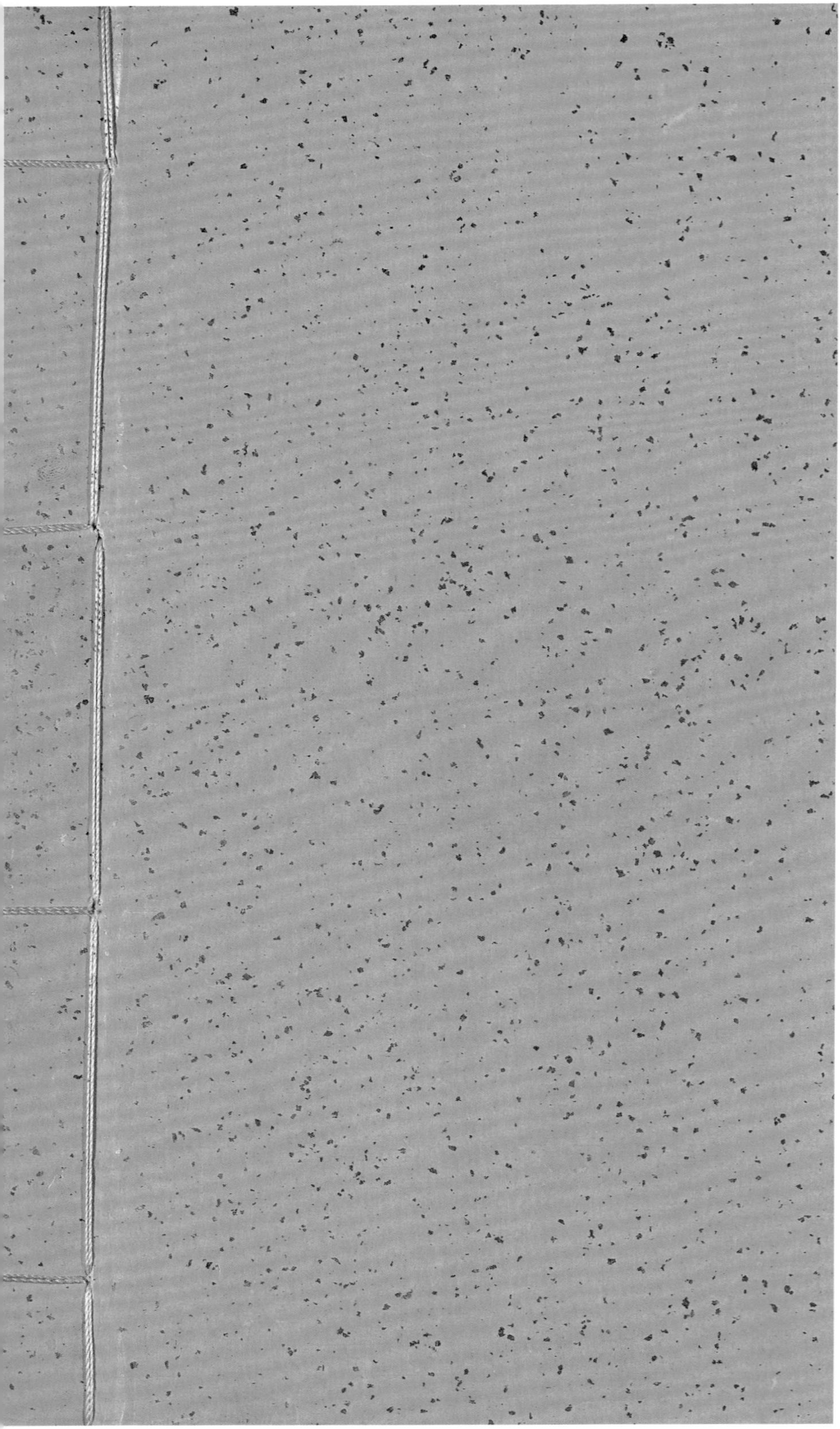